바디픽션

바디픽션

몸에 관한
일곱 가지
이야기

김병운

나푸름

양선형

유재영

이진하

임현

차현지

제철소

몸을 읽히는 일

언젠가 이런 말을 해야지, 하고 아껴둔 것들이 있는데 지금에 와서는 하나도 기억나지 않는다. 그때는 중요했는데 이제는 그렇지 않게 된 말인지도 모르겠다.

나는 어제의 나와도 달라서 내일은 더 달라지고 자꾸자꾸 내가 새로워진다. 어제 다짐한 걸 오늘 포기한다거나 진짜는 내일부터라고 미루는 것들이 많다. 또 사람들과 자주 멀어졌다가 아주 멀어지는 경향이 있는데, 내가 좋아했던 사람들은 다 어디 있나. 그때의 우리는 다 어디로 가고 이렇게 되었나. 되게 못생긴 풍경을 보면서 "이거 나 닮았어", "그래, 너 닮았어" 웃긴데 상처받는 말들을 아무렇게나 했는데, 상처받으면서도 웃었던 그때를 생각하면 왜 슬프지? 왜 슬픈 일이 되었나.

그 밖에 어릴 땐 몰랐던 과메기 맛을 알게 됐다거나, 예전에는 동안이라는 소리를 많이 들었는데 지금은 그렇지 않다거나, 몸무게가 많이 늘어서 맞는 옷이 없다거나, 세뱃돈을 받던 입장에서 요즘엔 조카들이 무섭다거나…… 내가 나로부터 너무 멀어졌다는 생각이 든다.

반면에 이런 상상도 자주 한다. 어딘가 나 같은 사람들이 살고 있고 나처럼 생각하고 내가 무얼 말하든 알아들을 수 있는 공동체가 있을 거라고. 그런 사람들이 내 글을 읽고 있는 게 아닐까. 나도 그런데 이 사람도 그렇구나, 당신도 별수 없이 적적하구나. 그것은 피하고 싶다고 피할 수 있는 부류가 아니고 새해가 되면 한 살을 먹어가는 것처럼 동등하게, 무상 급식보다도 더 동등하게 던져지는 경험이라고 긍정해주는 사람들이 어딘가 있지 않을까.

아니면 무슨 말도 안 되는 소리냐, 그런 게 문학이냐, 내가 쓰겠다, 너보다 내가 더 잘 쓴다, 이러다가 나중에 "그 사람 덕분이에요, 그 사람 글을 읽다가 나도 작가가 되었습니다"라는 말을 듣는 것도 나쁘지 않을 것 같다. 무얼 말하든, 그게 무엇이든 쓰는 사람에게는 위안이 되어줄 것이다. 그러니까 뭐랄까, 내가 지금 혼자 쓰고 있는 건 아니구나, 하고.

나를 포함해 김병운, 나푸름, 양선형, 유재영, 이진하, 차현지 7인의 작가들이 '몸'이라는 주제로 픽션을 써보기로 계획한 것은 지난해의 일이다. 그리고 여기에 그 일곱 편의 단편을 한 권의 책으로 엮어 세상에 소개한다.

　비슷한 신체 기관을 가졌으면서 생긴 건 많이 다르고 아픈 데도 다 달라서 여기에 대해서라면 뭐라 할 말이 많다고 생각했다. 무엇보다 무얼 쓴다는 게 꼭 그렇지 않나. 같은 말을 다르게 쓰면서 나름의 대화를 만들어내는 것.

　우리 일곱이 모여서 놀면 날이 새는 줄도 모르게 즐겁다. 어디 닮은 데도 없고 취향도 다르고 식성도 저마다 다른데, 밤새 함께 웃고 떠든다는 게 나로서는 여전히 신기한 경험이다. 그러니까 일곱 편의 이야기에는 그런 것들이 담겨 있을 것이다. 이렇게 서로 다른 우리가 무얼 좋아하는지, 무얼 보고 어떤 생각을 하고 어떤 억양으로 이야기하는지. 자꾸 지난 생각이 나서 쓸쓸해질 때 우리 이야기를 들어보는 것도 나쁘지 않을 거라고, 당신에게 그걸 들려주고 싶다고, 함께하자고.

2017년 3월

임현

차 례

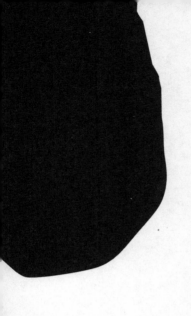

『말 같지도 않은』

김병운

김병운은 1986년 서울에서 태어났다. 2014년 《작가세계》 신인상으로 등단
했다.

아, 왜. 또 왜. 만웅은 당혹스러운 마음에 급히 고개를 숙이며 목울대를 움켜쥐었다. 요 며칠 잠잠해 괜찮아진 줄 알았던, 이제는 말끔히 나은 게 아닐까 싶었던 음 이탈이었다. 그러니까 흔히들 말하는 삑사리. 누가 왜 언제부터 삑사리라고 부르기 시작했는지 모르겠지만, 아무튼 말을 하다가 뜬금없이 목이 갈라지면서 쥐어짠 듯한 소리가 새어 나오는 증상.

만웅은 조심스레 눈을 들어 앞을 확인했다. 아니나 다를까 아이들이 일제히 자신을 바라보고 있었다. 아주 잠깐이나마 아무도 알아채지 못했기를 바랐던 스스로가 우습게 느껴질 만큼 과도한 집중이었다. 그가 무슨 일이 있었느냐고 시치미를 떼듯 으흠, 하고 헛기침을 하자 아이들은 그것이 시작 신호인 듯 갑자기 교실 안의 정적을 밀어냈다. 음 이탈을 똑같이 따라 하는 아이도 있었고, 과장과 익살을 더해 그 아이를 따라 하는 또 다른 아이도 있었다.

어허, 조용. 만웅은 심각한 표정과 함께 교탁을 두어 번 내리쳤다. 의식적으로 꾸며낸 낮고 굵은 목소리로 야야, 그만, 혼난다, 하고 으르기도 했다. 하지만 이제 막 활기를 띠기 시작한 분위기는 쉽사리 사그라들지 않았다. 아이들은 열 살이었고, 함께 모여 있을 때는 더더욱 열 살이었으며, 담임이 얼굴을 붉히면서 악을 쓰지 않는 한 즉각 멈추는 법이 없었다. 힘을 빼고 싶지 않았던 만웅은 그냥 잠잠해지기를 기다리는 쪽으로 마음을 돌렸고, 지난 5년간 교직 생활을 통해 터득한 평정의 주문 '네 애지 내 애냐'를 되뇌며 제 걱정이나 하기로 했다. 그래, 내 걱정. 내 목소리 걱정. 아, 진짜 삑사리 이거 어쩔 건데.

삑사리가 시작된 건 이번 학기 중반 무렵부터였다. 만웅이 날마다 하는 일이라는 게 쉬지 않고 떠드는 것이었으므로 말을 하다 음 이탈이 나는 건 어쩌면 당연한 일이었다. 그건 이전에도 있었던 일이고, 앞으로도 일어날 일이며, '일'이라고 표현하기에도 좀 겸연쩍다 싶을 만큼 보잘것없는 일이었다.

하지만 음 이탈이 너무하다 싶게 빈번해지자 그는 더 이상 가볍게 생각할 수가 없었다. 국어 시간에 도깨비를 골탕 먹인 농부 이야기를 읽다가도 삑, 수학 시간에 초바늘의 위치에 따른 시계 읽기를 가르치다가도 삑, 사회 시간에 유형문화재와 무형문화재의 차이를 설명하다가도 삑, 심지어 체육 시간에 둘 둘 셋 넷, 하고 구령을 하다가도 삑, 하고 목소리는 갈라졌다. 언제 어떻게 삑사리가 날지 모르니 신경을 곤두세울 수밖에 없었고, 맘 놓고 어른으로서의 위신이나 선생으로서의 권위를 내세울 수도 없었다.

　이비인후과에서는 목이 좀 부었을 뿐 특별한 이상은 없다면서 가급적 커피를 끊고 따뜻한 물을 많이 마시고 규칙적인 생활을 하라는 처방을 내려주었다. 노년의 의사는 만웅이 학교에서 아이들을 가르친다는 것을 전해 듣고는 성대의 구조와 소리가 나는 원리에 대해 장황히 설명하기도 했는데, 요는 목이 아닌 배를 사용해야 목에 부담을 주지 않으면서도 오래도록 힘 있는 소리를 낼 수 있다는 것이었다. 만웅이 그렇게 간단한 문제가 아닌 것 같다며 못 미더워하자 의사는 보통 이런 증상은 불안정한 심리 상태에서 기인한 것일 가능성이 크기 때문에 스트레스 관리가 무척 중요하다고 덧붙였다. 그러고는 굳이 말하지 않아도 다 안다는 듯한 표정으로 요즘 애들이 보통 힘든 게 아니죠, 했다.

　그런가. 이 아이들이 나를 병들게 하나. 만웅이 잠시 의사의 말을 떠올리며 멍해 있는 사이, 아이들은 선생님의 증상에 대해 이러쿵저러쿵 말을 늘어놓았다. 정확히는 선생님이 왜 자꾸 삑사리를 내는지에 대한 의견을 나누는 것이었다. 직업상 말을 많이 하므로 목이 상한 거라는 상식적인 대답부터 관심이 필요해 일부러 저러는 거라는 경우 없는 대답까지 별의별 말이 다 오갔는데, 그중에서도 진짜 뭐라는 거냐 싶어서 단번에 이맛살이 구겨지는 아무 말 중의 아무 말은 이 모든 게 귀신 때문이라는 것이었다.

틈만 나면 아이들을 웃기기 위해 최선을 다하는 부반장 영훈의 헛소리였다. 영훈은 최근에 귀신이 나오는 영화나 드라마를 인상적으로 보기라도 한 건지 지난번 만웅이 삑사리를 냈을 때부터 선생님 등에 귀신이 매달려 있고 그 귀신이 목을 조르고 있어 이상한 소리가 나는 거라고 주장했다. 그러고는 무섭다고 꺅꺅대는 아이들의 반응을 흐뭇하게 지켜봤다.

만웅은 맨 앞자리에 앉아 있는 반장 혜연에게 눈을 돌렸다. 영훈이 한마디를 했으니 이제 이 아이가 지지 않고 응수할 차례였다. 혜연은 반에서 가장 명석하고 적극적인, 가끔 칭찬받기 위해 안달이 난 것처럼 보이기도 하는 아이였다. 바보야, 아니거든. 우리가 선생님 말을 안 들으니까 선생님이 스트레스 받아서 목이 아픈 거거든. 혜연은 1분단 중간에 앉아 있는 영훈을 향해 반쯤 몸을 틀더니 눈을 흘겼고, 영훈은 한동안 혀를 날름거리다 혜연의 말을 받아쳤다. 멍청아, 아니거든. 선생님이 귀신 말을 안 들으니까 귀신이 스트레스 받아서 선생님 목을 조르는 거거든. 순간 혜연은 말문이 막히는지 주춤했고, 이내 악다구니를 쓰듯 소리쳤다. 선생님, 쟤 좀 보세요!

만웅은 이렇게 다 보고 있는데 뭘를 어떻게 더 보라는 건가 싶어 절로 한숨이 나왔고, 어쩌면 의사의 진단이 맞을지도 모른다고 생각하며 눈을 질끈 감았다.

*

　귀신이 내 등 뒤에 매달려 있단 말이지, 자기 말을 들어달라면서. 만웅은 퇴근길의 전동차 안에서 영훈이 지껄인 말을 떠올렸고, 차창에 비친 제 모습을 눈에 담았다. 터널 벽에 일정한 간격으로 박힌 형광등 불빛이 전동차 안을 넘나들면서 눈앞이 선명해졌다가 희미해지기를 반복했다. 만웅은 어째 어른의 옷을 훔쳐 입고 나온 아이처럼 태가 나지 않는 자신의 정장 차림이 영 못마땅했는데, 그건 전적으로 좁고 처진 어깨 때문이었다. 고작 재킷 한 장을 얹어놓았을 뿐인데도 어쩐지 버거워 보이는, 그러니까 귀신의 입장에서 생각해봐도 굳이 불편함을 감수하면서까지 매달려 있고 싶지는 않은 그런 어깨였다.

　물론 귀신 같은 건 보이지 않았다. 보이지 않는다고 해서 존재하지 않는다고 단정할 수는 없지만, 어쨌든 등 뒤에 매달려 있는 건 두툼한 어깨끈을 자랑하는 백팩뿐이었다. 만웅은 어깨를 들썩이며 가방을 고쳐 멨다. 아, 요즘 왠지 모르게 어깨가 무겁고 뻐근하더니만 그런 거였나. 일자 목이나 거북 목 뭐 그런 게 아니라 귀신 때문이었던 건가. 순간 그는 내가 무슨 생각을 하는 건가 싶어 피식 웃었고, 자신이 웃었다는 걸 자각하자마자 한심하다는 듯 쯧쯧 혀를 찼다. 하지만 그러기도 잠시, 다시 귀신에 대한 망상으로 돌아갔다. 나한테 할 말이 있는 사람이라. 죽어서도 내 목을 조르고 있을 만큼 나한테 맺힌 게 있는 사람이라. 만웅은 피해 같은 건 주지도 받지도 말자는 생각을 종종 하곤 했으므로, 그리고 그 생각을 별 무리 없이 실천하며 살아왔다고 자신했으므로 누군가에게 원한을 살 만큼 잘못한 적은 없는 것 같았다. 에이, 나한테 그런 사람이 어딨다고. 있을 리 없잖아. 아닌가. 있을 수도 있나. 있는 건가.

그때 만웅의 머릿속에 불현듯 떠오른 사람은 두 해 전 교통사고로 세상을 떠난 엄마였다. 엄마는 집 근처 근린공원에서 아침 운동을 마치고 돌아오는 길에 사고를 당했다. 밤새 술을 마시고 차에서 잠깐 눈을 붙였다는 트럭 운전자가 잠결에 뒤로 지나가던 엄마를 보지 못한 채 그대로 후진했다. 만웅은 장례를 치르는 내내 도대체 이게 무슨 일인가 싶고 어떻게 이런 일이 벌어지는가 싶어 넋이 나갔는데, 한때 엄마와 함께 미술학원을 운영하기도 했던 미경 아줌마가 조문을 와서는 아이고, 이게 무슨 개죽음이야, 하고 목 놓아 우는 것을 보고 나서야 엄마의 죽음을 실감했다. 그건 정말이지 개죽음이라고밖에는 설명할 수 없는 갑작스럽고 허무하고 억울한 죽음이었다. 너무나도 단순하고 명료한 인과관계 때문에 엄마라는 사람과는 잘 어울리지 않는 것 같은, 하지만 또 한편으로는 너무나도 뜬금없고 예상 밖이어서 그럭저럭 잘 어울리는 것 같기도 한 죽음.

만웅은 이따금 엄마와의 마지막 만남을 생각했다. 따지고 보면 그날 이후로 엄마와는 한 번 더 만났으니 그건 진정한 의미의 마지막은 아닌 셈이었는데, 함께 밥을 먹은 건 그때가 마지막이기도 하고 그날의 분위기가 좀 더 파국에 가깝기도 해서 만웅에게는 그날이 진짜 마지막 같은 마지막으로 기억되었다.

그날 엄마는 갑자기 전화를 걸어왔고 시간이 괜찮으면 저녁이나 먹자고 했다. 종종 엄마 쪽에서 먼저 문자를 보내왔던 터라 연락 자체가 새삼스럽지는 않았지만, 다짜고짜 만나자고 하는 건 오랜만이어서 그는 전화를 끊자마자 예감이 좋지 않다고 생각했다. 이번엔 또 뭔데. 뭔데 나를 찾는 건데. 아, 왜. 또 왜.

*

만웅이 엄마와 마지막으로 식사를 한 곳은 이북식 찜닭집이었다. 엄마가 함께 사는 남자를 만웅에게 처음으로 소개한 곳이자 그 남자가 지난 10년간 꾸준히 다녔다는, 데려온 사람 중 누구도 흡족해하지 않은 적이 없다는 단골집이었다. 만웅은 자리가 불편하기도 하고 딱히 할 말이 없기도 하고 일단 눈앞의 음식이 사라져야 집에 갈 수 있지 않을까 싶기도 해서 묵묵히 먹는 데 집중했을 뿐인데, 엄마는 그날의 모습을 자기 좋을 대로 기억하고는 너 그거 잘 먹었잖아, 하면서 대뜸 거기서 보자고 했다.

엄마는 연보라색 등산복 차림으로 창가 쪽 자리에 앉아 있었다. 탁자에 몸을 기대고 깍지 낀 손에 턱을 얹은 채 허공에 눈을 두고 있었다. 만웅이 자리에 앉자 엄마가 말했다. 얘, 저기 내 사인 있다. 웃기지? 엄마는 만난 지 몇 시간은 된 것처럼 안부 인사 같은 건 가볍게 건너뛰었는데, 그래서인지 그는 순간적으로 자신이 엄마와 한참 이야기를 나누다 말고 잠깐 화장실에 다녀온 것만 같은 기분이었다.

만웅은 엄마의 손짓을 따라 고개를 돌렸다. 멀찌감치 등 뒤로 보이는 한쪽 벽이 유명인들의 사인지로 빼곡히 채워져 있었다. 벽까지는 거리가 좀 있어서 글자 하나하나가 자세히 보이지는 않았다. 사인? 엄마 사인이 저기 있다고? 왜? 연예인도 아니고. 만웅은 다시 엄마를 바라봤다. 1년 만에 보는 엄마는 립스틱만 발랐을 뿐 화장기가 거의 없는 얼굴이었지만 건강해 보였다. 왼쪽 눈썹과 관자놀이 사이에 상앗빛이 도는 손톱만 한 패치가 붙어 있었는데, 만웅은 그게 엄마가 종종 찾는 피부과의 진료 흔적이라는 걸 알아서 신경 쓰지 않았다.

엄마가 아무리 생각해도 우습다면서 말을 이었다. 그게 말이지. 내가 미경이랑 두 달 전쯤에 여길 왔거든. 걔 큰딸 청첩장 준다고 해서 만났어. 선영이가 오스트리아에서 성악 공부하잖아. 거기서 만난 피아니스트랑 결혼한다더라. 남자가 독일인인가, 영국인인가 그렇다네. 너 선영이 기억나지? 너희 어렸을 때 학교 들어가기 전에 같이 자주 놀았는데. 왜 한번은 네가 선영이랑 놀기 싫다면서 화장실로 들어가버렸잖아. 걔가 자기 집으로 돌아갈 때까지 밖으로 안 나오겠다면서 문까지 잠그고. 너 그 안에서 서너 시간은 있지 않았니?

만웅이 지금 그 얘기를 왜 하나 싶어 말을 끊으려는 찰나, 엄마가 알아서 이야기를 정리했다. 아무튼 다 먹고 계산을 하는 데, 저기 저 주인 할머니가 갑자기 나한테 혹시 티브이에 나오는 사람 아니냐고 묻는 거야. 나를 본 것 같다면서. 만웅은 엄마의 눈길을 좇아서 계산대 쪽을 힐끗 쳐다봤다. 백발의 파마 머리에 코스모스가 프린트된 상아색 카디건을 입고 알이 굵은 진주 목걸이를 늘어뜨린 할머니가 눈을 내리깐 채로 미동도 없이 앉아 있었다. 나도 처음엔 아무래도 사람을 잘못 보신 것 같다고, 저는 그런 사람이 아니라고 말하려 했어. 근데 입을 여니까 갑자기 나도 모르게 딴소리가 나오는 거야.

어머, 어떻게 아셨어요? 저 알아보는 사람 거의 없는데. 그냥 겉보기에만 정정하신 게 아니라 눈썰미까지 끝내주시네요. 너무 명랑하고 호들갑스러워서 내 목소리도 아닌 것 같았어. 나도 내가 왜 그랬는지 모르겠어. 밥도 얻어먹었겠다, 술도 한잔했겠다, 기분이 좋았겠지. 티브이에서 본 것 같단 소리가 예쁘단 소리처럼 들려서 더 그랬을 거야. 옆을 보니까 미경이가 아니, 이년이 멀쩡하게 밥 잘 처먹고 돌았나 싶은 얼굴로 쳐다보고 있더라. 미경이한테 모른 척하라고 윙크를 한 다음에 드라마 제목 몇 개를 말했어, 젊었을 때 내가 나온 거라면서. 생각나는 대로 지어냈어. 그랬더니 어르신이 그래, 어쩐지 내가 어디서 봤더라니까, 하면서 사인을 해달라는 거야.

엄마가 혼자만의 추억에 젖어 있는 동안 만웅은 테이블 가운데 놓인 묵직한 주전자를 집어들었다. 컵에 따라놓고 보니 뿌옇고 김이 나서 당연히 육수겠거니 했는데, 정작 입으로 가져가자 밍밍한 맛이 났다. 만웅이 인상을 쓰자 엄마가 지나가던 종업원 아주머니를 언니, 하고 불렀다. 여기 물 좀 주실래요? 찬물 말고 미지근한 걸로요. 우리 애가 입이 짧아서 면수같은 거 못 먹어서. 고마워요. 만웅은 자신보다 한참이나 어려 보이는 여자에게 아무런 거리낌 없이 언니, 하는 것도 그렇고 고작 물을 가져다 달라고 말하면서 콧소리에 눈웃음까지 섞는 것도 그렇고 모든 게 참 엄마답다는 생각을 하면서 면수를 단숨에 들이켰다.

근데…… 무슨 일이야? 만웅의 물음에 엄마가 의아한 눈길을 던졌다. 아, 오늘 말이야. 왜 만나자고 했냐고. 무슨 일 있어? 그가 엄마의 전화를 받은 직후부터 식당 안으로 들어서기 직전까지 이런저런 대답을 예상해보며 거듭 곱씹었던 질문이었다. 엄마는 뜸 들이듯 컵을 만지작거리더니 일은 무슨 일, 그냥 연락한 거지, 했다. 만웅이 미심쩍다는 듯 눈을 가늘게 뜨자 엄마가 덧붙였다. 진짜야, 그냥 한 거야. 아침에 운동 나갔다가 운동화 끈 묶으려고 잠깐 벤치에 앉았는데 문득 네 생각이 나더라고. 그래서 전화한 거야.

*

엄마는 그가 아주 어렸을 때부터, 어쩌면 그가 태어나기 전부터 삶을 버거워했다. 삶이라는 게 어떻게 대하고 어떻게 달래며 어떻게 키워야 할지 모르겠는 갓난아이라도 되는 것처럼 쩔쩔맸고 항상 누군가의 도움이나 보살핌을 필요로 했다. 만웅은 단지 엄마와 한집에 산다는 이유만으로 본의 아니게 그 누군가가 되어야 했는데, 삶이 엄마에게 벌이는 불가해한 짓을, 아니 엄마가 삶에게 벌이는 불가해한 짓을 묵묵히 지켜 봐주고 무조건 괜찮다고 말해줘야 하는 원치 않는 의무를 안 아야 했다.

엄마는 기어코 극단으로 가는 사람이라고, 만웅은 생각했 다. 극단으로 가서 결국 자기 자신을 해치고야 마는 사람, 자신 을 한껏 망가뜨려놓고는 주변에 관심과 위로를 강요하는 사 람, 관심을 가져주고 위로를 건네는 사람이 나타나면 그게 누 구든 어김없이 손을 뻗어 제 감정의 소용돌이 속으로 끌어당 기는 사람, 그게 바로 그가 아는 엄마였다.

만웅의 20대는 엄마가 일으키는 혼돈으로부터 제 삶을 분 리하고, 정돈하고, 보살피는 과정의 연속이었다. 만웅의 대학 입학과 엄마의 재혼이 비슷한 시기에 겹치면서 독립은 비교 적 자연스럽게 이루어졌다. 만웅은 최근에서야 자신이 인천 에 있는 교대로 진학했던 게 결코 점수에 따른 것만은 아니었 다는, 어쩌면 자신도 인지하지 못했던 의지의 소산이었을지 도 모른다는 생각을 했다. 그것은 결과적으로 그가 엄마나 엄 마가 일군 세계로부터 물리적으로 멀어질 수 있는 기회를 제 공했을 뿐만 아니라, 그가 또래보다 비교적 빠르게 직업을 갖 고 생활을 꾸려나갈 수 있도록 도왔기 때문이다.

만웅은 제 삶만큼은 스스로 이해할 수 있고 소화할 수 있는 것으로 만들고 싶었고, 막연한 것보다는 확실한 것을, 희미한 것보다는 또렷한 것을, 불안한 것보다는 안정된 것을 추구하는 지금의 삶에 만족했다. 그러니까 엄마가 이날처럼 갑자기 끼어들어서 물음표를 안겨주기 전까지는 그럭저럭 괜찮다고 생각했다.

만웅은 밥을 먹는 내내 엄마의 꿍꿍이를 알아채기 위해 머리를 굴렸다. 그냥이라니. 문득 생각이 나서 전화한 거라니. 무슨 그런 말 같지도 않은. 눈치가 있지, 나더러 그걸 믿으라고? 단 한 번이라도 그냥이 정말 그냥이었던 적이 있던가.

엄마는 안부를 물을 때 보통 문자를 보내왔다. 만웅이 한때 바쁘다는 핑계로 엄마의 전화를 의도적으로 피하기도 했거니와 별일 아닌 건 그냥 문자로 얘기하자며 투덜거린 적이 있었기 때문이다. 그런데도 엄마가 전화를 걸어와 만나자고 할 때는 항상 목적이 있었다. 그 목적이란 시기에 따라 크게 두 가지로 나뉘었는데, 곁에 누군가가 있을 때는 너 없이도 이렇게 잘 먹고 잘 산다는 과시로, 그렇지 않을 때는 왜 너마저 나를 밀어내느냐는 원망으로 요약할 수 있었다.

가장 최근의 만남은 함께 사는 남자에게 만웅을 인사시키려는 것이었고, 그 전의 만남은 지난 2년간 진지하게 사귄 남자와 살림을 합치기로 결정했다는 소식을 전하려는 것이었으므로, 이번 만남은 시기적 흐름상 과시의 연장일 가능성이 컸다. 그렇다면 엄마는 그 남자와 자신의 애정 전선에 별문제가 없다는 걸 증명해 보이고 싶은 건가. 아닌가. 문제가 없지는 않다는 얘기를 하려는 건가. 그 남자는 아직 엄마의 곁에 있나. 그 남자의 사랑은 무사한가.

만웅은 만질만질한 찜닭을 찢어 입으로 가져가는 엄마에게서 눈을 떼지 않았다. 그렇게 빤히 쳐다보면 그 의중을 알아차릴 수 있을 것처럼. 엄마가 좀처럼 줄지 않는 그의 그릇을 확인하더니 말했다. 왜 안 먹어? 저번엔 잘 먹더니만. 그가 밥 생각이 별로 없다고 하자 엄마는 찜닭에 곁들여 나온 숨 죽은 부추를 한 움큼 덜어주었다. 그러고는 입가에 양념장이 묻은 줄도 모르고 어째 오늘은 닭이 좀 뻣뻣한 것 같다고 구시렁댔다.

그 아저씨랑 결혼이라도 해? 만웅이 물었다. 오늘 만나자고 한 거 말이야. 그런 얘기 하려는 거 아냐? 그걸 어떻게 알았느냐는 듯이 어머, 하고 놀란 척을 하던 엄마가 갑자기 정색하며 말했다. 미쳤니. 두 번이면 됐지, 그게 뭐 좋다고. 또 하면 내가 사람도 아니지.

만웅이 질문의 방향을 바꿔 물었다. 그럼 뭔데? 혹시 헤어졌어? 왜 그 아저씨도 못 참겠대? 순간 만웅은 잘못이 무조건 엄마에게 있을 거라 확신하는 제 속내가 드러난 것 같아 흠칫했고, 바로 말을 돌렸다. 아님 그 아저씨한테 다른 여자라도 생겼나? 그런 건가? 그래, 왠지 그럴 것 같았어. 남자는 남자가 봐야 안다고. 원래 그렇게 순진한 얼굴로 숫기 없는 척 허허허 웃기만 하는 분들이 뒤에서 다른 일로 바쁘시더라고. 여자들은 그냥 속는 거지.

엄마가 입안에 남아 있던 것들을 대충 삼키더니 드라마 좀 그만 보시죠, 했다. 그러고는 미간을 구기면서 읊조리듯 말했다. 좋은 사람이야. 내 옆에 있어주는 사람이야. 내가 무슨 짓을 해도 다 견뎌주는 사람이야. 지금은 그래.

만웅은 순간 뭐라고 대꾸해야 할지 몰라 입을 다물었고, 급히 다른 답안을 떠올렸다. 그럼 돈인가? 돈 필요해? 근데 나도 없는데. 내 월급 빤하잖아. 엄마는 고개를 저어 보였고, 그것만으로는 부족하다 싶은지 손까지 저어 보였다. 그럼 뭔데? 혹시 뭐 아프기라도 한 거야? 많이 안 좋나? 만웅은 길을 걷다 슬쩍 주머니에서 휴지 조각을 흘려버리듯 대수롭지 않게 자신이 상상하는 최악의 상황을 꺼냈다. 엄마가 대답했다. 아이고, 다 틀렸네요. 그런 거 아니라니까.

잠시 정적이 이어지는 동안 만웅은 진작 식어버린 닭고기 한 점을 입으로 가져갔다. 그것을 오래 씹으면서, 미지근하고 느끼한 육즙을 목으로 넘기면서 다 틀렸다는 엄마의 대답에 대해 생각했다. 그 말인즉 그가 한 말은 전부 오답이지만 어쨌든 정답이 따로 있기는 하다는 뜻 같았기 때문이다.

만웅은 엄마가 스스로 입을 열 때까지 잠자코 기다리는 쪽으로 마음을 다잡았다. 오히려 이쪽에서 캐묻지 않으면 그리 오래 걸리지 않을 것 같기도 했다. 하지만 모른 척 눈동자만 굴리고 있자니 갑자기 짜증이 치밀었고, 결국 젓가락을 내려놓으며 한 번 더 물었다. 아, 답답해. 진짜 무슨 일인데 그래. 갑자기 왜 보자고 했냐고. 할 말 있는 거 다 안다고. 그냥 지금 말해. 지금 말고는 없어. 나중에 사실은 말이야, 하면서 분위기 잡으면 나 안 들어.

엄마가 주위를 살피더니 목소리를 좀 낮추라는 손짓을 했다. 만웅은 엄마를 따라서 가까운 테이블 몇 개를 빠르게 훑었으나 이쪽 대화에 관심을 보이는 사람은 없었다. 엄마는 입이 마르는지 물을 조금씩 여러 번에 걸쳐 나누어 마셨고, 좀 지친다는 듯이 옅은 한숨을 내쉬었다. 아침에 동네 공원을 걷는데 운동화가 헐거운 게 끈이 풀린 것 같더라고. 풀렸으니까 어떻게 해? 묶어야지. 그래서 앞에 보이는 벤치에 앉았어. 근데 막상 끈을 묶으려고 보니까 안 풀렸더라고. 발을 착각한 건가 싶어서 다른 발까지 확인했는데도 안 풀렸어. 그때 네가 떠올랐어. 왜냐고? 나도 몰라. 그냥 그랬어. 그렇게 됐어. 그래서 연락했다고. 그게 다야.

*

만웅은 그날 식사를 마칠 때까지 더는 아무것도 묻지 않았다. 궁금한 기색도 내비치지 않았다. 물론 다른 이유 같은 건 없다던 엄마의 말을 믿기 때문도 아니요, 엄마가 때가 되면 알아서 속내를 털어놓을 거라고 생각하기 때문도 아니었다. 오히려 그는 시간이 흐르면 흐를수록 엄마가 그냥 아무 말도 말아줬으면, 하고 바랐다. 이렇게까지 주저하는 데엔 분명히 그만한 사정이 있을 거라는 확신이 들자 본능적으로 그게 무엇인지 알기보단 모르는 게 더 낫겠다 싶었던 것이다. 여기서 관심을 보였다가는 너무나 많은 게 달라져버릴 것 같았다. 그는 어떤 변화도 원치 않았다. 그가 원하는 건 엄마가 갑자기 연락해오기 이전의 상태, 그러니까 엄마가 하려는 말이 과연 무엇일지 고민하고 의심하기 이전의 평온이었다.

만웅이 밥도 다 먹었으니 근처에서 커피나 한잔하자는 엄마에게 그만 들어가보겠다며 선을 그은 건 그래서였다. 그는 내일 오전에 학부모 참관 수업이 있어 준비해야 할 것들이 많다고, 교장에 장학사까지 지켜보는 자리라서 부담이 크다고, 다른 선생들도 많은데 왜 하필 나를 시키는지 모르겠다고, 초등학교에서 젊은 남자 선생은 봉이라고 우는소리를 했다. 그냥 바쁘다고만 해도 충분했을 텐데, 실은 그 모든 말이 거짓이었기 때문에 좀 더 구체적이고 감정적으로 둘러댔다.

그때 엄마는 그렇다면 어서 들어가보라면서 고개를 끄덕였지만, 만웅은 엄마의 얼굴에 스치듯 드리운 서운함을 보았다. 아니, 그건 뭔가 잘못되었다는 낭패의 표정이었다. 그는 그 표정이 투명하기라도 한 듯 못 본 척했고, 가볍게 손을 흔들어 보이고는 돌아섰다. 그리고 한 걸음 한 걸음 내디딜 때마다 점점 발걸음이 빨라지는 걸 느끼면서, 이보다 더 빨라져서 흡사 도망치는 것처럼 보여서는 안 된다고 생각하면서, 저기 보이는 저 코너를 돌기 전에 엄마가 만웅아, 하고 자기를 불러 세우는 일은 없기를 바라면서 엄마로부터 멀어졌다.

만웅이 다시 찜닭집을 찾은 건 토요일 오후였다. 일부러 점심시간을 피해 갔는데도 입장을 기다리는 줄이 건물 밖까지 이어져 있었다. 그가 이 집에 와본 건 두 번 다 평일 저녁이었으므로 원래 주말에는 늘 이렇게 북새통인 건지, 아니면 지난 2년 사이에 좀 더 유명해진 건지는 알 수 없었다. 그는 식당 근처 카페에 앉아 범인은 반드시 범행 장소를 다시 찾는다는 말에 대해 생각하면서 두어 시간을 보냈고, 저녁 어스름이 깔릴 무렵에야 식당 안으로 들어설 수 있었다.

식당은 만웅이 기억하고 있는 모습 그대로였다. 4인용 좌식 테이블 열두 개가 사람 하나가 간신히 지나다닐 정도의 간격을 두고 들어차 있었고, 유명인들의 사인지가 출입문과 마주한 가장 크고 넓은 벽면을 가득 메우고 있었다. 한 가지 달라진 게 있다면 백발의 노부인 대신에 중년의 남자가 카운터를 지키고 있는 것이었는데, 아마도 주인의 아들이 아닐까 싶은 남자는 괜스레 두리번거리는 만웅에게 빈자리를 가리켜 보였다. 만웅은 이왕이면 엄마와 앉았던 창가 쪽 자리를 원했지만, 그 자리는 이미 거나하게 취한 어르신 넷이 차지하고 있었다.

만웅은 주문을 마친 뒤 사인 벽 앞으로 갔다. 엄마의 사인이 정말 거기에 있는지 확인하고 싶었다. 그는 마지막 식사를 떠올릴 때마다 저기에 내 사인이 있다며 즐거워하던 엄마를 마주했고, 어떻게든 도망칠 궁리만 하다가 사인 같은 건 완전히 잊어버린 자신을 기억했다. 사인은 얼핏 눈대중으로만 봐도 백여 개가 넘는 듯했는데, 인접한 왼쪽 벽면에도 듬성듬성 걸려 있는 걸로 보아 계속 늘어나는 모양이었다. 어떤 것들은 주인 할머니와 해당 유명인이 나란히 서서 찍은 사진과 함께 액자에 담겨 있었고, 또 어떤 것들은 누렇게 빛이 바랜 채로 비닐에 싸여 있었다.

엄마의 사인은 왼쪽 끝에서 두 번째 줄 다섯 번째 자리에 걸려 있었다. 한참을 찾아도 보이지 않기에 어째 거짓말이었나 싶은 생각도 들고 결국 연예인이 아닌 게 들통 나서 누가 치워버렸나 싶은 생각도 들 때쯤 겨우 눈에 들어왔다. 외식 사업으로 큰돈을 번 개그맨과 성 추문으로 이름을 날린 국회의원과 연기자로 전향한 아나운서와 원 히트 원더 트로트 가수가 동서남북 사방에서 호위하듯 엄마를 빙 둘러싸고 있었다.

엄마의 사인은 눈에 띄게 어설펐다. 다른 것들이 한껏 멋을 부리고 힘을 주어 거의 그림에 가깝게 자신을 표현했다면, 엄마의 것은 박, 윤, 미, 제 이름 석 자를 또박또박 큼지막하게 적었을 뿐이었다. 아, 이건 사인이 아니라 그냥 이름이 아닌가 싶어서 고개를 갸웃하게 되는, 어떻게 저 자리에 저렇게 보란 듯이 자기 이름을 써놓을 수 있는 건가 싶어 아연할 수밖에 없는, 그래도 연예인인 척 네임펜까지 손에 쥐었으면 뭐라도 그럴듯하게 휘갈겼어야 하는 게 아닌가 싶어 괜히 이쪽에서 아쉬워지는 그런 사인이었다. 꾸밈도 장식도 없는 필체는 사인 아래 적힌 한마디에도 그대로 이어졌는데, 만웅은 그게 너무나도 엄마의 말투여서, 엄마의 말소리가 들리는 것처럼 생생해서 잠깐 한쪽 입꼬리가 올라갔다. 우리 천천히 오래 봐요!!

만웅은 굳이 두 개씩이나 달린 느낌표를 보면서 문득 그날 엄마가 감추려 했던 건, 아니 말하려 했던 건 정말 없을지도 모른다는 생각을 했다. 엄마는 마주 앉아 밥을 먹고 차를 마시고 아무 얘기나 하고 싶었던 것일 뿐인지도 몰랐다. 아니면 아무런 얘기도 하고 싶지 않았거나. 정말이지 그날은 그게 전부였는지도 몰랐다. 만웅은 그때 엄마가 꺼내 보인 건 그냥 느낌표였을지도 모른다고, 그것을 제멋대로 흔들고 굴리고 밟아서 기어코 물음표 모양으로 찌그러뜨린 건 어쩌면 자신일지도 모른다고 생각하면서 사인에서 눈을 돌렸다.

*

오늘의 삑사리는 3교시 과학 시간 말미에 찾아왔다. 나비와 잠자리의 공통점을 나열하던 중 새된 목소리가 튀어나왔다. 만웅은 여느 때처럼 미간을 좁히며 목울대를 움켜쥐었다. 하지만 이제는 아무도 못 들었길 바라며 급히 몸을 틀거나 고개를 숙이진 않았다.

아이들은 더는 웃지 않았다. 대신 서로 눈치를 살피며 조금 전 귓가를 긁고 지나간 그 음절이 무엇이었는지를 복기했다. 잠시 후 여기저기서 손을 들었고 누군가는 '더'를, 누군가는 '듬'을, 누군가는 '이'를 외쳤다. 저들끼리 맞네 틀리네 하면서 우격다짐하는 건 여전했지만, 그건 만웅이 허락한 소란이었다.

교실은 선생님이 칠판을 향해 돌아선 다음에야 다시금 잠 잠해졌다. 만웅은 등 뒤의 시선이 분필을 쥔 제 손끝에 모이는 걸 느끼면서 칠판 오른쪽 상단 구석으로 팔을 뻗었다. 그가 '듬'이라고 쓰기까지는 약간의 시간이 필요했는데 '더'도 아니고 '듬'도 아닌 것 같은 그 사이의 소리는 어떻게 받아 적어야 하나 싶었기 때문이다. 하지만 당장 뭐라도 쓰지 않으면 안될 것 같기도 했거니와 곰곰이 생각해보니 아무래도 목소리가 '더'에서 '듬'으로 넘어가는 길목에서, '더'보다는 '듬'과 가까운 자리에서 미끄러진 것 같기도 해서 일단은 '듬'을 골랐다.

만웅이 새로 적은 '듬' 바로 위에는 '진'이 있었다. 그 역시 만웅의 글씨였고, 지난주 빽사리의 증거였다. 지진의 '진'이었는데, 그때 만웅은 한창 재해의 종류에 대해 설명하던 중이었다. 사회 시간이었다. 그날도 아이들은 갑자기 튀어나온 음 이탈에 득달같이 반응했고, 부반장 영훈을 필두로 하여 또다시 그놈의 귀신 타령을 시작했다.

만웅은 여태껏 그래왔던 것처럼 어수선한 분위기가 알아서 잦아들기를 기다렸다. 하지만 왠지 그날따라 아이들의 놀림이 유난히 우악스럽게 느껴지기도 하고, 그걸 묵묵히 견디고 있는 자신이 한심하게 느껴지기도 하고, 눈에는 눈 이에는 이라고 너희들이 이렇게 아무 말이나 막 하는데 나라고 못 할 건또 뭐냐 싶기도 하고, 너희들 말이 멍멍멍이어도 전부 다 옳다고 해줄 테니 이제는 좀 그만하자 싶기도 해서 될 대로 되라는 심정으로 입을 열었다.

그래, 너희들 말이 다 맞는 것 같다. 선생님이 주말 내내 생각해봤는데, 선생님 등 뒤에 귀신이 있는 것 같고, 그게 하고 싶은 말이 있어서 목을 조르는 것 같고, 그래서 자꾸 삑사리가 나는 것 같다. 만웅은 자기가 무슨 말을 주워섬기는지도 몰랐다. 자, 그렇다면 그 귀신은 과연 누구인가. 도대체 누가 죽어서까지 선생님을 잊지 못하고 찾아온단 말인가. 선생님은 말이다, 아무래도 작년에 돌아가신 선생님 어머니가 그 귀신이 아닐까 하는 결론을 내렸다.

만웅은 갑자기 교실 안을 짓누르는 무거운 침묵에 멈칫했다. 아이들은 또 이럴 때는 지극히 아이들이어서 그의 얘기를 제법 진지하게 받아들이고는 갑자기 숙연해졌는데, 아무래도 어머니가 돌아가셨다는 말에 더는 웃으면 안 된다고 생각하는 것 같았다. 이제껏 자기가 한 얘기는 모두 장난이었다면서 에이, 귀신 같은 게 어딨어요, 하고 중얼거리던 영훈도 결국에는 웃음기를 지웠다.

그때 반장 혜연이 손을 번쩍 들고 물었다. 선생님, 그럼 그 귀신이, 아니 선생님 어머니가 하려는 말은 뭔데요? 만웅은 글쎄, 하고 입을 떼놓고는 쉬이 말을 잇지 못했다. 그사이 혜연이 한 번 더 손을 들었다. 그러고는 다른 아이들은 엄두도 내지 못하는 아주 어려운 문제를 푸는 데 성공한 것처럼 자신만만하게 말했다. 선생님, 제 생각에는요. 그 삑사리가 선생님 어머니가 하고 싶은 말인 것 같은데요. 만웅은 순간 아, 너는 또 뭐라는 거니, 왜 너까지 그러는 거니 싶어서 뒷골이 당겼지만 더는 이 얘기가 길어지지 않았으면 하는 마음에 그래, 뭐 그럴지도 모르지, 하고 얼버무렸다. 하지만 그 아이는 자신의 허황된 상상에 취해 흥분했고 기다렸다는 듯이 진이요, 하고 소리쳤다. 방금 전에요, '진'이었다고요. 삑사리 말이에요. '지진' 할 때 '진'에서 났다고요. 제가 확실히 들었어요.

혜연은 얼빠진 표정의 만웅에게 생글생글 웃어 보이며 말을 이었다. 앞으로 삑사리를 모으는 거예요. 선생님 어머니가 하고 싶은 말이 뭔지 알아내는 거예요. 이번에는 영훈마저 적극적으로 혜연을 거들었는데, 아무래도 다들 색다른 놀이를 바라는 모양이었다.

'진' 다음의 글자는 그로부터 일주일이 지난 다음에야 난데없이 튀어나왔고, 만웅은 갑작스레 분주해진 아이들을 우두커니 지켜봤다. 이제 아이들은 칠판에 적힌 '진'과 '듬', 두 글자를 가지고 어떻게든 말을 만들어보려고 애쓰고 있었다. 뭔가를 외우는 것처럼 쉴 새 없이 입술을 움직이는가 하면, 퀴즈나 퍼즐을 푸는 것처럼 공책에 이런저런 글자들을 끄적이기도 했다. 글자가 하나 더 늘어나자 시큰둥해하던 아이들도 떠밀리듯 흥미를 보이는 것 같았다.

만웅은 고개를 최대한 뒤로 잡아 빼고는 칠판의 글자들을 바라보았다. 그것은 어떤 말이든 될 수 있을 것 같았고, 아무 말도 될 수 없을 것 같았다. 지금은 그랬다.

물론 만웅은 그것이 엄마가 하고 싶었던 말일 것이라고는 생각하지 않았다. 엄마가 귀신이 되어 제 목을 누르고 있을 것이라고는 더더욱 생각하지 않았다. 그는 아이들과 삑사리가 교실 안에서 평화롭게 공존할 수 있는 더 나은 방법을 찾지 못했기에 어쩔 수 없이 아이들이 바라는 대로 적당히 장단을 맞춰주고 있을 뿐이었다. 가만히 서서 놀림감이 되는 것보다는 함께 유치하게 구는 이쪽이 여러모로 덜 피곤하고 덜 성가시다는 판단이었다.

하지만 만웅이 설마, 어쩌면, 혹시나 하는 마음을 완전히 떨쳐버린 건 아니었다. 그는 '진'은 '진'일 뿐이고 '듬'은 '듬'일 뿐이라고, 거기에 그 이상 숨겨진 뜻 같은 건 없다고, 그러니 더는 저 글자들에 대해 생각하지 말자고 거듭 선을 그었으나 이내 자기도 모르게 아이들을 따라 하고 있는 자신을 발견했다. 제 앞에 놓인 소리의 조각들을 붙였다 뗐다 하면서 나는 어쩌면 이렇게도 나인 것인지, 나는 언제까지 이토록 나일 것인지 자조하는 자신과 마주했다.

만웅은 손에 쥔 분필을 다시 칠판으로 가져갔다. 글자들 옆에 물음표를 하나씩 그리고, 물음표 옆에 느낌표를 하나씩 더했다. 다행히 삑사리는 언제쯤 사라질지 알 수 없었고, 아직 시간은 충분했다.

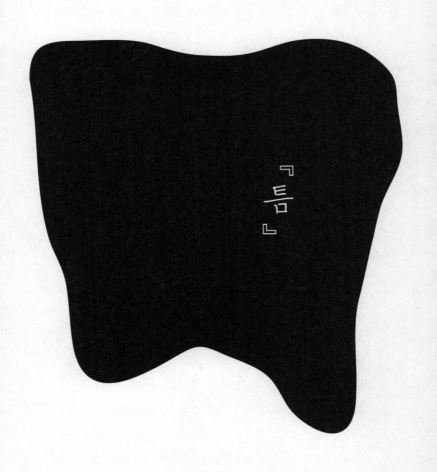

「틈」

나푸름

나푸름은 1989년 서울에서 태어났다. 2014년 〈경향신문〉 신춘문예로 등단했다.

그녀는 왼쪽으로만 음식을 씹는 버릇이 있었는데, 어느 날 저녁 친정에서 보내준 무말랭이무침을 먹다 왼쪽 아래 어금니가 흔들리는 것을 느꼈다. 처음에는 애써 무시하려 했으나 음식을 씹을 때마다 느낌은 점차 확실해졌다. 무말랭이는 왼쪽 어금니 사이에서 끊어지지 않았다. 그녀는 결국 밥과 반찬을 반만 씹어 삼켰다. 앞에 앉은 그녀의 남편은 장모의 음식 솜씨를 칭찬하며 무말랭이무침으로 밥 한 공기를 비워냈다.

　다음 날 아침 그녀는 식사 대신 뜨거운 커피를 마시며 불편한 속을 달랬다. 불어난 밥알들이 위장에 달라붙어 밤새도록 그녀를 괴롭혔던 것이다. 커피를 마신 후에는 평소보다 꼼꼼히 양치질을 했다. 칫솔모가 왼쪽 아래 어금니에 닿을 때는 특히 조심했다. 그녀는 출근길 버스 안에서도, 화장실에서 볼일을 볼 때도 혀로 조금씩 어금니를 건드렸다. 회의 때는 어금니 안쪽을 혀로 핥다 상사의 질문에 대답하지 못해 주의를 듣기도 했다.

치과에 갈 마음은 좀처럼 들지 않았다. 신경이 쓰이기는 했지만 그렇다고 해서 치과에 가는 건 지나친 일처럼 느껴졌다. 생각해보면 이에 이상이 있다고 느낀 것 자체가 오랜만이었다. 주변 지인들이 치아를 방치하다 결국 신경 치료까지 받았다는 얘기를 들을 때마다 그녀는 평소 그들의 생활 습관을 되짚어보며 그럴 만하다고 여기곤 했다. 퇴근길에 그녀는 몇 번에 걸쳐 치아를 꽉 물었다. 그렇게 하고 있으면 어금니가 흔들리지 않을 것 같았다.

집에 도착하고 보니 그가 먼저 와 있었다. 그는 주방에서 저녁을 차리는 중이었다. 그녀는 구두를 벗자마자 그에게 다가가 말했다.

"여보, 나 어금니가 이상해."

그는 아내에게 상황을 극적으로 만드는 재주가 있다고 생각했다. 별것 아닌 일에도 심각하게 반응하는 모습은 결혼 전부터 귀엽게 여기던 점이었다. 하지만 지금은 그녀의 입안을 보기보다 밥을 먹고 싶었다. 그녀는 입을 크게 벌린 채 손가락으로 입안을 가리켰다. 그곳에는 크고 작은 치아들이 빼곡히 차 있었다. 치아가 얼마나 촘촘한 간격으로 박혀 있는지 아랫니는 대여섯 개 정도가 맞물린 채 삐뚤게 자라 있었다. 연애 기간을 합친다면 꽤 오랫동안 서로를 알고 지냈는데도, 이렇게 입속을 들여다보는 것은 처음 있는 일이었다. 그는 그녀의 얼굴 너머로 시선을 돌리며 잘 보이지 않는다고 했다.

"잘 좀 보라니까, 정말 흔들리고 있어."

그녀는 손가락을 왼쪽 어금니에 갖다 대고 흔들었다. 그는 어쩔 수 없이 고개를 숙여 그녀의 입 쪽으로 좀 더 가까이 다가 갔다. 어금니로 갈수록 누렇게 변색된 치아가 한눈에 들어왔다. 입안은 때운 흔적과 치석으로 얼룩져 있었고 정작 봐달라 는 어금니는 손가락에 가려 끄트머리밖에 보이지 않았다. 입 안에 고여 있던 침이 그녀의 아랫입술을 타고 흘러내렸다.

"이러다가 빠지진 않겠지?"

손가락 때문에 혀를 제대로 굴릴 수 없어서 그녀의 말은 어눌하고 경박하게 들렸다. 그는 고개를 돌리고 싶은 충동을 느꼈으나 대신 그녀의 손목을 잡고 입안에 있던 손가락을 빼 냈다.

"자꾸 그렇게 만지면 충치 생겨. 손에 세균이 많잖아."

"흔들리는 거 봤어?"

그는 그녀의 얼굴을 바로 보지 못하고 목 부근에 눈길을 두 었다. 그의 얼굴이 심각한 고민에 빠진 사람처럼 굳어갔다. 그 녀는 그의 반응을 눈치채지 못한 채 흔들리는 어금니에만 신 경을 세우며 의자에 앉았다. 그가 말했다.

"내일은 병원에 가야겠네."

그녀는 대답 대신 배가 고프다고 했다. 그는 그녀가 그렇게 손도 씻지 않은 채 자리에 앉아 제 몫의 밥을 덜어주기만 기다리리라는 것을 알았다. 교통 체증이나 잔업을 이유로 그녀의 귀가 시간이 늦어질수록 저녁을 차리는 일은 어느새 그의 몫이 됐다. 그녀는 밥이 상에 놓이기도 전에 침이 묻은 손으로 젓가락을 집어들었다. 조금 전까지 이가 아프다며 칭얼대던 사람답지 않게 나물이며 김치를 아무렇지도 않게 먹었다.

"어금니 때문에 하루 종일 밥도 제대로 못 먹은 거 있지."

그는 같이 먹으라며 그녀 앞에 밥을 놓아주었다. 그녀가 습관처럼 그에게 웃어 보였다.

토요일에 그들은 함께 치과를 찾았다. 그는 속이 좋지 않다고 했지만 그녀는 치과에 혼자 가는 것이 무섭다고 했다. "치과에 갔다가 영화도 보고 밥도 먹고 들어오자." 그녀가 말했다. 그는 정말로 마음이 내키지 않았는데, 그것이 더부룩한 속 때문이라고 여겼다.

그녀는 진단까지 그리 오래 걸리지 않을 거라고 했다. 예상과 달리 의사는 그녀의 치아 상태를 본 뒤 이런저런 검사를 계속해서 추가했다. 대기실에 앉아 있던 그는 한참 시간이 흐른 뒤에야 상담실에 들어갈 수 있었다.

의사는 어금니가 흔들리는 이유를 턱의 크기에 비해 지나치게 많은 치아 개수 때문이라고 설명했다. 아랫니의 자리가 부족해 계속해서 옆으로 밀리다 보니 어금니에 너무 많은 자극이 가고 있다는 것이었다. 가장 쉬운 해결책은 일단 우측의 치아로만 취식하는 것이며 제일 확실한 방법은 발치를 통해 교정을 하는 것이라고 했다. 그녀가 의사에게 물었다.

"그럼 썩은 게 아니라는 건가요?"

"이대로 놔두면 곧 썩겠죠. 이가 흔들리면서 잇몸과 치아 사이에 틈이 생기면 그럴 수 있어요. 아무리 이를 열심히 닦아도 음식물이 그 안으로 들어가는 건 어쩌지 못할 테니까."

의사가 그녀의 시티(CT) 사진을 화면에 띄우고 그들 쪽으로 모니터를 돌렸다. 의사는 여기를 보세요, 라고 말하며 주의를 끌었다.

입술 없이 뼈만 남은 치아 사진에는 넓고 진한 세로줄이 아랫니 사이사이에 그려져 있었다. 의사는 그 부분이 치아가 겹치는 곳이라고 설명했다. 그는 사진을 보며 집 근처 편의점에서 일하는 우울한 얼굴의 여자를 떠올렸다. 제 앞의 사진이 그 여자의 치아를 찍은 것이라 한다면 믿을 수 있을 것 같았다. 하지만 그녀는 분명 그런 여자와 다른 종류의 사람이었다. 그녀는 정말로 기쁘다는 듯이 웃을 수 있는 사람이었고, 그 안에는 불운한 사연이나 망가진 치아 같은 건 설 자리가 없어 보였다. 그는 고개를 돌려 자신의 아내를 바라보았다. 그녀의 얼굴에서는 아무런 감상도 읽어낼 수 없었다. 그는 그녀의 치아 사진을 다른 누군가와 함께 본다는 것이, 모르는 이에게 아내의 치부를 들킨 것처럼 부끄럽게 느껴졌다.

"이런 부분은 사실, 치아 몇 개만 발치하면 괜찮을 겁니다. 문제는 윗니예요."

그들은 의사가 가리키는 방향으로 시선을 돌렸다. 의사가 만년필 끝으로 사진에 있는 그녀의 앞니를 툭툭 건드렸다. 주변 치아에 비해 두 배 정도의 크기를 가진 앞니가 앞으로 돌출돼 있었다. 의사는 왼손을 들어 엄지와 검지 사이로 좁은 틈을 만들었다.

"이대로 놔두면 앞니 사이가 이렇게, 조금씩 벌어질 겁니다."

의사의 손가락 사이가 점점 멀어졌다. 그녀가 난처한 얼굴로 그를 바라보았다. 그는 의사의 손가락 간격이 벌어지는 것을 가만히 응시하고 있었다.

그들은 아무런 결론을 내지 못하고 병원을 빠져나왔다. 누구도 다음 일정에 대해 말하지 않아서, 그들은 자연스럽게 집으로 가는 버스에 올랐다. 버스에서 내려 집으로 가는 길에 둘은 조금 떨어져 걸었다. 그는 몸을 움츠린 채 바닥을 보며 자작거렸다. 그녀가 뒤에 있다는 사실도 의식하지 못한 것 같았다.

그녀는 걸음을 멈추고 주변을 둘러보았다. 날은 아직 환했다. 근처에 새로 생긴 카페가 눈에 띄었다. 그의 이름을 불렀는데, 그는 듣지 못했는지 걸음을 멈추지 않고 계속 나아갔다. 그녀는 멀어져가는 그를 바라보다 이번에는 좀 더 큰 소리로 불렀다. 그가 뒤를 돌아보자 그녀는 골목 안에 있는 상가를 가리켰다. 그가 고개를 끄덕였다.

카페에는 사람이 없었다. 그녀는 입구에서 가장 먼 곳에 자리를 잡고 의자에 몸을 기댔다. 종업원이 보이지 않아 카운터에서 주문을 하는 것인지, 자리에서 주문을 받는 것인지 알 수 없었다. 둘은 조금 기다려보기로 했다. 그녀가 손가락을 입안에 넣어 어금니를 만졌다. 그가 테이블 위로 손을 내밀었다. 그녀는 입안에 있던 손을 빼 그의 손 위로 겹쳐 올렸다. 그가 손깍지를 끼며 다정하게 말했다.

"그 의사 말이야, 진지해 보이던데."

"돈 벌려고 그러는 거지 뭐."

그녀가 주변으로 시선을 돌렸다. 그는 맞잡은 손에 힘을 주며 물었다.

"정말로 해보는 건 어때?"

그녀는 윗입술을 말아 이 사이로 끌어당겼다. 아주 어릴 때부터 갖고 있던 습관이었다. 무심코 치과에서 같은 행동을 했을 때, 의사는 그런 버릇 때문에 치아가 망가지는 것이라며 그녀를 나무랐다.

"글쎄, 한 번도 생각해본 적 없어."

그녀는 헛웃음을 지으며 말을 이었다.

"그걸 정말 진지하게 들은 거야? 난 다른 치과에 가볼 생각이었어."

맞잡은 손에서 땀이 묻어 나왔다. 그러나 두 사람의 손은 입을 다문 조개처럼 완전한 교합을 이루고 있어 누구의 손에서 흘러나오는 땀인지 알 수 없었다. 그는 슬그머니 손을 내려 바지에 땀을 닦았다.

"그래도 당신 치아에 문제가 있는 건 사실이잖아."

"무슨 말이 그래. 내가 이를 얼마나 열심히 닦는지 알면서 그러는 거야?"

"그거야 나도 알지. 하지만 이건 그런 차원의 문제가 아니잖아. 당신이 아무리 열심히 닦아도 결국 어금니는 썩어버리고 앞니는 벌어질걸."

그는 그들이 만난 치과 의사처럼 엄지와 검지로 좁은 틈을 만들더니 그 사이를 점점 넓혔다. 그녀가 허공에 있는 그의 손을 잡아 내렸다.

"당신, 내 앞니가 좋다며."

"내가?"

"그래, 연애할 때 몇 번이나 귀엽다고 했어."

"그렇지만 당신도 나이를 먹을 거 아냐. 중년이 되고서도 앞니가 나온 게 귀여울 수는 없어."

말을 마친 그는 슬쩍 고개를 들어 그녀의 표정을 살폈다. 그녀가 말했다.

"교정은 아주 비싸."

그가 서둘러 대답했다.

"할부도 될걸."

그녀는 그가 아주 어린애처럼 조르고 있다고 생각했다. 그들의 형편에 그런 곳에 돈을 쓴다는 건 말이 되지 않았다. 용기를 내 치과에 갔던 건 하루라도 빨리 치료를 끝내기 위해서지, 원인을 제거하기 위해서가 아니었다.

"밥을 못 먹는 것도 아니고, 그런 이유 때문에 빚을 질 수는 없어."

그는 진저리를 치는 그녀의 모습이 어쩐지 과장되어 있다고 느꼈다.

주방에서 나온 키 작은 남자가 카운터를 지키고 섰다. 그녀는 그에게 주문을 부탁했다. 그가 골똘히 생각에 잠긴 얼굴로 카운터로 갔다. 돈이 나올 곳을 생각하는 눈치였지만 그럴 데가 있을 리 없었다. 그의 주머니 사정 또한 그녀와 마찬가지로 뻔했다. 그들이 가진 돈은 앞으로 벌 돈을 포함하여 모두 쓸 곳이 정해져 있었다. 몇 분 뒤에 그는 눈에 띄게 밝아진 얼굴로 커피 두 잔을 손에 든 채 자리에 앉았다. 그가 테이블 위에 그녀 몫의 커피를 내려놓으며 말했다.

"다음 달이 적금 만기잖아."

그녀는 기가 찼다. 지금의 그는 분명 평소와 달랐다. 그 차이에 대해서는 명확히 알 수 있었으나 그가 왜 이렇게까지 고집을 부리는지에 대해서는 이해할 수 없었다.

"그걸로 집 옮기기로 했던 거 기억 안 나? 아이를 가질 때쯤에는 좀 더 넓은 집으로 이사하기로 했잖아."

그녀의 말에 그의 입이 반사적으로 벌어졌다. 그는 무언가 할 말이 있다는 듯이 그녀를 바라보았는데, 결국에는 입을 완전히 다물었다.

"생각해봐. 집을 허물어 교정을 할 수는 없어."

그는 그녀의 말을 수긍하지 않았고, 그런 불편쯤은 얼마든지 감수할 수 있다고 했다. 그녀의 윗입술이 이 사이로 빨려 들어갔다. 그는 그것을 지적하고 싶었지만 잠자코 대답을 기다렸다. 한참 뒤에 그녀가 작게 고개를 끄덕였다.

"알았어. 좀 더 생각해보자."

다음 날부터 그는 신경이 온통 한곳에 쏠려 있는 사람처럼 그녀를 채근하기 시작했다. 어떤 날에는 귀가한 그녀가 신발을 채 벗기도 전에 현관으로 달려와 오늘은 생각이 바뀌었느냐고 묻기도 했다. 질문은 때때로 새로운 농담이나 오래된 습관처럼 보이기도 했다. 하지만 어떤 때는 진심으로 그녀의 치아 상태를 걱정하는 것 같았다.

그녀는 계속되는 그의 설득에 마음이 기울기도 했다. 흔들리는 어금니가 매끼마다 그녀를 괴롭혔기 때문이다. 한쪽으로만 밥을 씹던 습관은 쉽게 고쳐지지 않았다. 그녀는 매번 왼쪽으로 몰아넣은 음식물을 오른쪽으로 옮겨 씹으며 약간의 자괴감을 느꼈다. 밥을 먹을 때마다 신경을 쓰니 자주 체했고, 그게 싫어 종종 식사를 거르는 일도 생겼다. 밤새도록 위가 불편한 날에는 악몽에 시달리기도 했다.

그럼에도 그녀는 교정을 하자는 그의 말에 쉽게 동조할 수 없었다. 그것은 그녀로 하여금 여태까지 한 번도 상상해본 적 없는 방향으로 발을 내딛는 듯한 느낌을 주었다. 그녀는 그들의 삶에 자신의 치아보다 중요한 것들이 많다고 믿었다. 그것들은 계속해서 늘어날 예정이었다. 그러니 큰 변화가 없는 이상 그들은 지금처럼 살아야 했다. 그녀는 그러한 생활이 그들의 삶을 단단하게 만들어주리라 여겼다.

치과에 다녀온 지도 보름이 지났다. 그들은 퇴근 후 밖에서 만나 오랜만에 외식을 했다. 좋은 분위기는 집에 돌아온 이후에도 이어졌다. 그는 침대에 누워 그녀에게 입을 맞췄고 팔로 허리를 부드럽게 감싸 안았다. 그녀의 입이 살며시 벌어졌다. 따듯한 숨결이 입에서 입으로 전해졌다. 그녀가 그 쪽으로 몸을 붙였다. 그때 갑자기 입술이 떨어져나갔다. 그의 입술에서 교정에 대한 언급이 새어 나왔다. 그는 이제 치과 의사가 말한 범위를 넘어, 어딘가에서 알아온 신빙성 없는 이야기로 그녀를 설득하려 들었다. 끝날 기미가 보이지 않는 말들이 이어졌다. 웃어넘기던 그녀는 그가 방금까지 무엇을 하고 있었는지도 잊은 채 열을 올리자 슬슬 짜증이 났다.

"정말로 그렇게 생각해?"

그녀의 말에 그가 침대에서 몸을 반쯤 일으켰다.

"당신한테 좋은 일이잖아."

그녀는 말없이 그를 올려다봤다. 조명을 등지고 있어서 그가 어떤 표정을 짓고 있는지 보이지 않았다. 그녀는 고개를 내저으며 말했다.

"아니야. 당신은 지금 중요한 걸 놓치고 있어."

"내가 뭘?"

"우리 미래 말이야."

"그 돈을 좀 쓴다고 해서 우리 미래가 없어지지는 않아."

"그렇게 써대다가는 곧 없어지고 말걸."

그녀는 그에게서 고개를 돌리고 반대편으로 돌아누웠다. 그가 뒤에서 그녀의 어깨를 잡았다.

"그렇지 않아. 여보, 날 좀 봐. 우린 괜찮을 거야."

"교정을 한다면 말이지."

"걱정하지 말고 날 좀 보라니까"

그녀의 입에서 한숨이 새어 나왔다.

"제발 좀 그만할 수 없어?"

그는 한동안 그녀의 뒷모습을 바라보다 방을 나갔다. 그녀는 문이 닫히는 소리를 들으며 흔들리는 어금니를 혀로 핥았다. 치아의 미묘한 움직임에 집중하다 보니 혀뿌리까지 저릿했다. 손가락을 넣어 만져보았다. 어금니의 흔들림이 전보다 크게 느껴졌다.

그날 이후 그에게서 교정에 대한 말이 나오지 않자, 그녀는 그가 고집을 꺾은 것이라 생각했다. 그런데 그가 입을 다문 건 교정에 관해서만이 아니었다. 새로 끓인 국의 간에 대해 묻거나 결혼을 준비 중인 지인에 대해 물어도 그는 성의 없는 대답이나 무심한 태도로 일관했다. 그는 무척 화난 것처럼 보이기도 했고 심각한 고민에 빠진 것처럼 보이기도 했다.

어느 주말에는 그가 점심을 먹고 방에 들어가더니 해가 지도록 밖으로 나오지 않았다. 그녀는 방문을 두드렸다. 문은 잠겨 있었고 안에서는 숨소리조차 들리지 않았다. 두 번째로 문을 두드렸을 때, 그녀는 방문에 귀를 대고 있었다. 발소리가 문가로 다가왔다. 그는 한참 만에 왜, 라며 퉁명스럽게 대답했다.

"저녁 먹어야지."

"먼저 먹어."

"여보, 우리 얼굴 보고 얘기하자."

방 안에서는 아무런 답이 없었다. 식탁에서 데워놓은 국이 식어가고 있었다.

"제발 날 좀 내버려둬."

그가 우울한 목소리로 말했다. 여태 날 내버려두지 않은 건 당신이잖아. 그녀는 마음속으로 그렇게 답했다. 화가 난다기보다 당혹스러웠다. 그의 태도는 그녀를 질타하고 있는 것으로 보였으나 무엇 때문에 이렇게까지 구는지 알 수 없었다. 그녀는 곰곰이 그간의 상황을 되짚었다. 교정 때문만은 아닐 터였다. 그렇다고 하기엔 분명 지나친 감이 있었다.

그녀의 잘못과 그녀의 잘못이 아니었던 순간들이 눈앞을 스쳐 지나갔다. 그러나 그런 것들은 이제 중요하지 않았다. 설혹 그 당시에는 중요했을지 모르지만, 이제 와 잘잘못을 따지기엔 무의미한 일들이었다. 그녀는 떠오르는 기억을 애써 무시하며 이를 꽉 다물었다. 아차, 하는 순간에 어금니의 모서리가 이물질처럼 치아 사이에 맞물렸다.

그녀는 홀로 식탁에 앉아 저녁을 먹었다. 밥이고 반찬이고 모두 식어 미지근했다. 그녀는 국에 밥을 말아 대충 씹어 삼켰다. 밥알이 입안 이곳저곳에 달라붙었다. 미세한 통증이 어금니를 중심으로 조금씩 퍼져나가고 있었다. 뜨거운 국을 단숨에 삼킨 것처럼 목 안쪽까지 열기가 느껴졌다.

그는 그녀가 밥을 다 먹을 때쯤에야 밖으로 나왔다. 그녀는 그의 시선을 느끼며 손으로 눈가를 쓸어내렸다. 그가 옆으로 다가와 준비한 것 같은 말을 어색하게 내뱉었다.

"당신이 내 진심을 무시하는 것 같아서 화가 났어."

그녀도 할 말이 있다는 듯 입을 벌렸다. 하지만 미처 말을 꺼내기 전에 그가 재빨리 말을 이었다.

"난 정말 걱정돼서 그러는 거야."

그가 그녀의 손을 잡았다. 그녀는 그가 도대체 무엇을 걱정하고 있는지 알 수 없었다. 악몽에 시달리는 것도, 흔들리는 어금니 때문에 밥을 제대로 먹지 못할 만큼 신경 쓰는 것도 그녀였다. 그럼에도 그는 이상하리만치 교정에 집착하고 있었다. 그녀는 맞잡은 손을 물끄러미 바라보았다. 그의 손은 부드럽고 따뜻했다. 하지만 거의 힘을 주고 있지 않아, 그녀가 조금이라도 움직이면 쉽게 놓칠 것만 같았다.

"날 좀 믿어봐."

그의 목소리가 무척 다정해서, 그녀는 자신의 입에서 나올 말이 그가 원하는 답이어야 할 것만 같았다.

"알았어. 그렇게 할게."

그가 그녀를 힘껏 껴안았다. 그녀는 감정적인 그의 반응에 당혹스러웠다. 그가 상기된 얼굴로 말했다.

"내가 같이 가줄게."

그는 그간 제대로 보지 못했던 그녀의 얼굴을 한꺼번에 몰아 보기라도 하듯 지긋이 바라보았다. 그런 그와 눈을 맞추며, 그녀는 순간 그에게 다른 여자가 생긴 것은 아닌지 의심했다. 그러나 곧 웃어버렸다. 그녀가 아는 한 그는 그럴 위인이 못 됐기 때문이다.

며칠 후 그들은 다시 치과를 찾았다. 의사는 잘 생각했다며 그들을 독려했다. 데스크에 앉아 있던 간호사가 여러 목록이 담긴 서류를 보여주며 교정에 들어가는 비용에 대해 설명했다. 비용은 이전에 의사가 말했던 대략적인 금액보다 조금 더 높았다. 그녀가 거기에 대해 짚고 넘어가자, 간호사는 그 가격이 일시불로 현금 결제를 할 시에만 가능하다고 안내했다.

"원장님이 비용 부분에 대해서는 잘 모르세요."

간호사는 그렇게 말하며 상냥하게 웃어 보였다. 붉은빛의 입술과는 대조적으로 가지런하고 관리가 잘된 흰빛의 치아가 드러났다. 그녀는 원장의 무지가 의도된 설정 같다고 느꼈고 속물적이라고 생각했다. 교정 기간은 유동적이었다. 잘하면 1년이 될 수도 있고 중간에 사랑니가 나는 등 변수가 생기면 좀 더 길어질 수도 있다고 했다.

그녀는 좀처럼 가만히 있지 못하고 병원 구석구석을 살펴보았다. 원장의 약력이 적힌 액자가 눈에 들어왔다. 그녀는 원장이 나온 대학부터 그가 소속된 치과 협회의 명칭까지 꼼꼼히 읽어 내려갔다. 그는 그녀의 시선이 다른 곳을 향하고 있다는 것도 모른 채, 간호사가 준 차트에 신경을 집중하고 있었다. 그녀는 자신들의 결정을 믿지 못하겠다는 듯 불안한 눈빛으로 그를 바라보았다. 그는 그녀의 손 위로 자신의 손을 포갰다. 맞댄 부분은 시간이 지날수록 땀으로 축축하게 젖어갔다. 상황은 그녀가 결심을 했든 하지 않았든 간에 빠르게 흘러갔다. 천만 원 가까이 드는 교정 비용은 먼저 반 정도를 선불로 치르고 그다음 진료부터 소정의 수수료를 포함하여 다달이 나눠 내기로 정했다.

간호사가 첫날에는 치아의 본을 뜬다고 설명했다. 교정이 끝난 뒤 이전의 치아 상태를 보면 모두들 하길 잘했다며 입을 모아 칭찬한다고 전했다. 그때는 어떻게 그러고 살았는지 모르겠다며 고개를 내젓는 사람도 있다고 했다. 간호사는 그녀를 데리고 진료실로 자리를 옮겼다. 그는 그녀가 사라진 방향에 눈길을 두고 있다가 대기실 테이블에 비치된 신문을 들춰보았다.

그녀는 진료 의자에 누워 입을 커다랗게 벌렸다. 곧 차갑고 축축한 덩어리가 아랫니 전체를 감쌌다. 간호사가 입이 아닌 코로 숨을 쉬라고 했다. 입안에서 딱딱하게 굳은 덩어리가 장갑 낀 손에 의해 세차게 움직였다. 그녀의 얼굴이 간호사의 손길에 따라 이리저리 돌아갔다. 턱이 빠질 것처럼 덜컥거렸다. 굳은 덩어리 아래로 어금니가 덜그럭거리는 게 느껴졌다. 그녀의 입에서 희미한 신음이 흘러나왔다. 곧 분홍색 덩어리가 아랫니에서 떨어져 나왔다. 그녀는 손가락을 입안 깊숙이 찔러 넣었다. 생각과 달리 어금니는 뽑히지도, 크게 움직이지도 않았다. 그녀는 지금의 불안이 낯설지만은 않았다. 어쩌면 그것이 앞으로 일어날 일에 대한 예감일지도 모른다는 생각이 들 때쯤, 간호사는 같은 작업을 윗니에 한 차례 더 시행했다.

본을 뜨는 작업이 끝나자 간호사는 그녀를 상담실로 안내했다. 그는 그녀보다 먼저 와서 의사의 설명을 듣고 있었다. 조금 뒤 의사의 책상 위에 완성된 치아 모형이 올라왔다. 거기에는 잇몸과 치아의 경계는 물론, 치아의 결과 덧씌운 부분까지 전부 드러나 있었다. 의사는 치아 모형을 가리키며 그녀가 현재 하위 몇 퍼센트의 부정교합을 지니고 있고, 그런 수치를 가진 치아가 교정을 통해 상위 몇 퍼센트의 교합으로 발전하게 되는지 설명했다. 그들은 한동안 그녀의 치아 모형을 바라보았다.

그녀는 의사가 자신이 아닌 다른 사람에 대해 말하고 있는 것 같다고 느꼈다. 상담 이전까지만 해도 스스로의 치아에 문제가 있다고 생각한 적이 한 번도 없었기 때문이다. 그녀는 자신이 얼마나 약하고 못생긴 치아를 가지고 있는지 깨달았다. 의사는 치료가 빠를수록 좋으니 오늘은 아래턱에 있는 소구치 한 쌍을 함께 발치하면 좋겠다고 했다.

"오늘이요?"

"사실 아랫니를 빼는 게 가장 시급합니다. 공간만 확보하면 어금니가 흔들리는 간격도 서서히 줄어들 거예요."

그녀는 한 번도 말썽 피운 적 없는 멀쩡한 이를 뽑는다는 게 어쩐지 불안했다. 그것도 이미 흔들리는 이 때문에. 이 단계를 지나면 다시는 돌이킬 수 없으리라는 생각이 머리를 어지럽혔다. 그는 또다시 괜찮을 거라고 말했다.

"조금만 참으면 돼. 마취한다니까 안 아플 거야."

그녀는 아까부터 그가 같은 말만 반복한다고 느꼈다. 괜찮을 거라는 그의 말은 그녀가 겪을 모든 일들을 별거 아닌 일로 치부하는 것만 같아 조금도 위로가 되지 못했다.

그들은 간호사의 안내에 따라 대기실로 자리를 옮겼다. 그가 조금 전까지 읽다 만 신문을 펴들었다. 그녀는 혀로 어금니를 건드렸다. 어금니는 여전히 조금이지만 확실한 흔들림을 보이고 있었다. 그 순간만큼은 어금니의 미세한 움직임뿐, 아무런 생각도 나지 않았다. 옆에서 그가 소란한 움직임으로 신문을 넘겼다. 그녀는 혀의 움직임을 멈추고 그의 옆모습을 바라보았다. 치과에 오고 나서부터 순간순간 불안이 치밀어 오르던 자신과는 무관하게 평온해 보이는 그의 옆모습을 보자 모든 것이 급속도로 불확실해지기 시작했다.

"여보, 나 정말 이걸 해야 하는지 모르겠어."

그녀의 말에 그는 보고 있던 신문을 접어 테이블에 올려놓았다. 그녀는 불안한 표정으로 그의 입을 쳐다보았다. 알았다고, 괜찮다고 말하며 자신의 등을 쓸어내리리라 여겼다. 그녀가 아는 그는 그럴 수 있는 사람이었다.

오랜 침묵 끝에 그가 입을 열었다.

"그럼 그만두자."

분명 그녀가 바라던 대답이었다. 그런데 막상 그의 답을 듣자 그녀는 괜찮지 않았다. 그가 마치 무언가를 포기하거나 잃기라도 한 사람처럼 보였기 때문이다.

"정말이야?"

그녀의 물음에 그는 스스로에게 하는 말처럼 힘주어 대답했다.

"그래. 우린 괜찮을 거야."

그녀는 어쩌면 지금까지 그의 모든 말들이 그런 식이었던 걸지도 모른다고 생각했다. 땀이 배어 나오는 손바닥을 몇 번이나 옷에 닦아냈다. 그녀는 이제 그가 괜찮지 않다는 걸 알았다. 그는 무언가를 참고 있는 사람 같았다. 다른 이들은 몰라도 그녀는 알 수 있었다. 하지만 그만큼 모르겠다는 생각도 들었다. 그가 무엇을 참고 있는지 알지 못했다. 그녀는 저도 모르게 이 사이로 윗입술을 끌어당겼다. 그가 곤경에 빠진 사람처럼 그녀에게서 고개를 돌리며 말했다.

"제발 그러지 좀 마."

순간 그녀가 이 사이에 있던 윗입술을 깨물었다. 손끝을 입술에 대자 피가 묻어 나왔다. 그녀는 당황한 얼굴로 자신의 손을 바라보았다. 잠시 망설이던 그가 휴지를 뽑아 그녀의 입술을 닦아주었다. 그의 손길에 그녀의 어깨가 움츠러들었다.

"그만 집에 가자."

말을 마친 그가 진료실 입구를 바라보았다. 간호사가 대기실 안으로 들어왔다. 그는 간호사가 자신을 알아볼 때까지 그렇게 지켜만 볼 작정인 것 같았다. 얼마 안 가 간호사가 그들을 발견하고 가볍게 웃어 보였다. 그녀는 간호사의 입술 사이로 비치는 고르고 하얀 치아에서 눈을 떼지 못했다.

그가 자리에서 일어나 간호사에게 다가갔다. 그녀의 시선이 그를 따라 움직였다. 그는 돌아보지 않았다. 그녀가 자리에서 일어나 그 옆에 붙어 섰다. 그녀의 손이 그의 팔에 닿았다. 그가 고개를 돌려 그녀를 바라보았다. 그녀는 경직돼 있던 얼굴을 풀고 있는 힘껏 미소를 지어 보였다.

진료 의자에 누운 그녀의 얼굴 위로 입 부분이 뚫린 수술용 천이 덮였다. 의사가 그녀에게 입을 벌리라고 했다. 아랫잇몸의 왼쪽과 오른쪽으로 주삿바늘이 들어갔다. 호흡이 가빠지고 목에 힘이 들어갔다. 벌어진 입술 사이로 침이 흘러내렸다. 옆에 있던 간호사가 그녀의 턱 주변에 묻은 침을 닦아냈다. 아무것도 보이지 않아서 언제, 무엇이 입안으로 들어올지 가늠할 수 없었다. 그녀는 무언가 말하고 싶었는데, 굳은 턱이 움직이지 않았다. 벌어진 입으로 손 하나가 불쑥 들어왔다. 의사가 말했다.

"아프면 손을 들어 올리세요."

팔목을 붙든 힘 때문에 그녀는 꼼짝할 수 없었다. 침이 계속 흘렀는데, 이번에는 아무도 닦아주지 않았다. 그녀는 차가운

기구의 감촉을 느꼈다. 입안 전체가 덜컹거리는 것 같았다. 의사가 발치 기구에 무게를 싣고 왼쪽 소구치를 양옆으로 흔들었다. 단단한 호두가 박살이 나는 것 같은 소리가 입안에 가득 찼다. 치아의 움직임은 무척 생생했다. 발치 기구의 움직임에 따라 왼쪽 소구치가 조금씩 각도를 넓혀가며 움직임을 키웠다. 그것은 산 채로 뽑혀나갔다. 텅 빈 자리에서 피가 흘러나왔다. 목 언저리로 시큼한 맛이 느껴졌다. 흡입기는 매번 반 박자 늦게 목구멍에 고인 피를 빨아들였다. 숨이 턱턱 막혔다. 의사가 코로 숨을 쉬라고 했다. 주먹을 쥔 그녀의 손이 부들부들 떨렸다. 숨을 내쉴 시간도 주어지지 않은 채 의사가 또 한 번 반대쪽 치아에 힘을 실었다. 피가 입안 이곳저곳으로 흐를 때마다 쓰고 아린 맛이 났다. 쩌억쩌억 소리를 내며 치아가 갈라졌다. 날카로운 송곳으로 입안을 마구 찌르는 것도 같고, 불에 달군 쇳덩이를 물고 있는 것도 같았다. 그녀는 정신을 차릴 수 없었다.

간호사가 그녀의 팔에서 손을 떼고 치아의 구멍을 거즈로 틀어막았다. "앞으로 두 시간은 입을 꽉 다물고 있어야 해요." 간호사의 말에 그녀는 안간힘을 쓰며 이를 악물었다. 턱이 힘없이 덜덜 떨렸다. 시야를 가리던 천 조각이 치워지자 눈이 부셨다. 두개골이 깨질 듯이 아팠고 어지러움에 몸을 가누기도 어려웠다. 피로감이 심해 꼼짝도 할 수 없었다. 의자가 바로 세워졌다. 그녀는 앞에 선 간호사를 망연하게 바라보았다. 간호사가 조금 전 그녀의 입에서 뽑혀 나온 소구치 한 쌍을 보여주었다. 흘러나온 피보다 더 붉은 덩어리들이 치근에 엉망으로 얽혀 있었다. 치아의 뿌리는 그녀가 예상했던 것보다 길고 굵었다.

집으로 가는 길에 그녀는 자꾸만 다리 힘이 풀려 걷는 것조차 버거워했다. 마취가 풀리지 않아 흘러내린 침도 알아차릴 수 없었다. 그는 그녀 옆에서 휴지로 피가 섞인 침을 계속 닦아주었다. 그녀는 피를 삼키지 못하고 입술 사이로 자꾸만 내뱉었다. 얼굴은 시간이 지날수록 창백해졌다.

버스를 기다리며 그는 그녀의 어깨에 팔을 둘렀다. 그녀가 그의 가슴에 머리를 기댔다. 거즈 때문에 입을 열 수 없어서, 핸드폰에 글을 적어 그에게 보여주었다. 자판을 누르는 손이 후들거려 자꾸 오타가 났다.

온몸이 두들겨 맞은 것처럼 욱신거려.

그가 자상하게 말했다.

"집에 가서 마사지해줄게."

그녀가 희미하게 미소 지었다. 분명하지 않은 미소였지만 그는 안심했다. 그녀가 곧 좋아지리라 믿었다. 그녀의 시선은 그의 눈 아래 어딘가에 가닿아 있었다. 그는 피가 묻어 붉게 갈라진 그녀의 입술 위로 길게 입을 맞췄다.

그녀는 혀로 어금니를 더듬었다. 미끄러진 혀가 거즈 밑 발치된 치아 자리를 핥았다. 그 속에서 아직도 피가 흘러나오고 있었다. 타액이 섞인 피가 혀끝에 묻어났다. 그녀는 그의 입안으로 혀를 밀어 넣었다. 그들의 몸이 조금씩 밀착됐다. 발치된 자리에서 흘러나온 피가 턱 끝으로 흘러내렸다. 축축하고 서늘한 기운이 몸 전체로 퍼져갔다.

버스는 그들의 예상보다 늦게 도착할 예정이었다.

『불능의 천사』

양선형

양선형은 1990년 광주에서 태어났다. 2014년 《문학과사회》 신인문학상으로
등단했다.

"아니, 머리가 간 곳이 없잖아요. 맙소사!…… 페르디낭, 머리가 없어요! 내 사랑! 당신 머리!……머리가 없어요!……" 그녀는 애걸을 하며 경찰관들의 발밑을 기었다…… 그들의 장화를 넘어기었다…… 땅바닥에 데굴데굴 굴렀다!

"태반(胎盤)에 불과해요!…… 저건 태반이에요!……난 알아요!…… 그의 머리!…… 그의 가여운 머리!…… 저건 태반이에요!…… 봤어요, 페르디낭?…… 보여요?…… 좀 봐요!…… 아! 오!오!……" 목멘 고함이 터졌다!……*

그는 선다. 침상에는 주검이 있다. 그는 침상을 향해 고개를 기울인다. 불우한 사생아, 한나절을 가로누워 흉한 냄새를 풍

---

* 루이 페르디낭 셀린, 『외상 죽음』

기는 부패한 나무토막, 가만히 눈을 감고 방의 누긋한 온기를 빨아들이는 소년의 주검이다. 이부자리 상단으로 깡마른 소년의 머리가 비죽 삐져나와 있다. 그는 내려다본다. 침대보에 덧씌워진 그림자가 어스름하다. 실내는 고요하다. 생쥐가 뛰어간다. 비가 내린다. 커튼은 단정하다. 그는 호흡이 답답한 사람처럼 목 주변을 가벼이 움켜쥔다. 소년은 움직임이 없다. 그는 소년의 이마를 짚어본다. 이마가 싸늘하다. 물기가 있다. 소년의 몸에서 증기가 피어오르고 있는 것 같지만 피로 때문인지, 신경쇠약으로 시야가 뻥뻥하게 흐려진 탓인지 알 수 없다. 그는 혓바닥을 내밀어 제 입술을 핥는다. 갈증이 느껴진다. 실내의 조명이 소년의 수척함을 강조하며 침상 아래쪽으로 줄줄 흘러내린다. 주치의는 도착하지 않는다.

어느 날 그는 종일 방바닥에 엎드려 담배를 태우고 있다. 담뱃대를 입에 문다. 라이터로 불을 붙인다. 끽연을 거듭하며 아무것도 하지 않는다. 재떨이 대용의 담뱃갑은 니코틴과 타액에 절어 누렇고 축축하다. 전화벨이 울린다. 그는 수화기를 들어 올린다. "당장 자리에서 일어나라." "한시가 위급하니 망설이지 마라." 귓속으로 흘러든 음성은 시럽 상태로 응고되어 있다. 그는 그날로 배낭에 옷가지와 세면도구를 쑤셔 넣고 사무실로 간다. 책상 맞은편에 사무장이 앉아 있다. 사무장은 송곳으로 멀쩡한 책상을 파낸다. 그러한 행동을 되풀이한다. 빗금이 초 단위로 늘어난다. 사무장이 윙크를 한다. 눈두덩이 거무스름하다. 사무장으로 말할 것 같으면 과거 무고한 사람들을 납치해 폐기용 드럼통에 처박은 희대의 개자식이다. 저항하거나 이의를 제기해서는 안 된다. 돌연 의자에서 일어선 사무장이 허공을 향해 펀치를 날린다. 그는 사무장의 펀치에 그대로 얻어맞은 기분이다. 그는 얼얼하게 들뜬 얼굴에 마른세수를 한다. "어묵이나 먹으러 가지." 사무장이 말한다. 은밀한 지침을 전달하려는 모양인지 목소리가 나지막하다.

그는 사무장과 함께 사무소 건물 맞은편에 있는 포장마차로 향한다. 사무장이 건배를 제안한다. 그들은 어묵 꼬치로 건배를 한다. 그는 사무장의 눈치를 본다. 그들 앞에서 에이프런을 두른 노인네가 국자로 세숫대야의 반죽을 뒤섞는다. 사무장이 째려보자 질겁한 노인네가 잽싸게 자리를 비켜준다. "다른 게 아니라 화장실이요." "저는 그냥 오줌싸개라고요." 꽁무니가 빠져라 달아나는 노인네의 모습이 우습고 처연하다. 사무장은 잠시 침묵을 지키다 차분한 어조로 일의 내용을 털어놓기 시작한다. 자신이 당의 초년병이자 '단'의 막둥이였을 때부터 받들어 뫼시던 단장님이 계시다. 사무장이 헛기침을 한다. 그분이 세상 도처에 뿌린 부주의한 씨앗들 가운데 당의 우환이며 단장님의 골치를 썩이는 문제아들이 있다. 그를 향해 돌아선 사무장이 그의 옷깃을 매만진다. 이번 경우는 태어날 때부터 병약했던 소년으로 어린 시절 의문의 괴질을 앓아 농아가 되었다는 것이다. 사무장이 고개를 가로젓는다.

소년은 아무리 뜯어봐도 단장님과 닮은 구석이 없다. "나뭇잎을 돌로 빻아 파란 즙액을 손에 바르고 등걸에 퍼질러 앉아 오수에 취해 있던 아편쟁이의 머리통을 덥석 움켜쥐었지." 물론 그는 '단'이 당의 어용으로 위촉되었던 당시의 이야기를 소문으로만 접했을 따름이다. "아편쟁이는 차갑게 식어 있었지." "아편쟁이의 기름진 면상이 마치 어젯밤 꿈에 나를 잡아먹었던 이끼도롱뇽 같았지." 단장님은 이후 당의 중책을 담당하게 된다. 눈물을 머금고 '단'을 해산시켰을 때의 일화가 사서의 뒷골목에서 전해지기도 한다. 누구나 '단'을 기피한다. 가령 그는 미제에 불과한 '단'의 잔악무도한 인상들 가운데서 가장 끔찍한 이미지만을 솎아낸다. 그것을 두려워한다. 두려움은 관념이다. '단'에 의해 낙인찍힌 희생자들은 전부 고통 속에서 몰살되었다. 구체적인 증언은 남겨지지 않는다. 소년의 주검이 걸레짝이라면 소년을 모질게 쥐어짜는 손바닥이 있다. 그것은 환영이다. 잘린 채로 팽창하는 페니스다. 가파른 손바닥, 억센 손바닥, 자비를 기대할 수 없는 손바닥이다. 피를 묻힌 손바닥이다. 창백한 소년의 살갗에 누덕누덕하게 얼룩진 손자국은 고갈된 육체를 붉게 헝클어진 털실 뭉치로 만든다. 누군가 소년을 짓누르고 있는가. 겁박하고 있는가. 대야에 수퇘지의 피를 가득 채운다. 피는 혼탁하다. 홍건한 대야에 손을 담그면 안쪽으로 무언가가 만져진다. 그것은 적출된 수퇘지의 뇌, 익사한 두꺼비, 새빨갛게 녹아내리고 있는 '단'에 관한 추억들이다. 소년을 씻겨주어야 하는가. 매장해야 하는가. 아직은 때가 아니다.

*

    소년의 병색이 애초부터 심각한 지경에 이르렀던 것은 아니다. 그가 사무장에게 소년이 거주하는 주택의 열쇠를 받아 들고 이곳에 도착했을 때, 소년은 침대 머리맡에 상반신을 기댄 채 독서를 하고 있었다. 책은 소가죽으로 양장한 두꺼운 평전이었다. 책에는 소년의 아버지인 단장님의 활약상과 '단'의 출범을 비롯해 조직의 잡다한 연혁이 흑백의 삽화와 함께 빽빽하게 기술되어 있었다. 소년은 책에 몰두한 모양인지 팔에 꽂힌 링거의 고무관으로 혈액이 역류하는 것조차 깨닫지 못했다. 솟아오른 입술이 심술궂게 비뚤어져 있었다. 입술의 빛깔은 번들거리는 납빛이었다. 그때까지만 해도 소년은 그럭저럭 건강해 보였다. 그의 부축이나 조력을 필요로 하지 않았던 것이다. 그는 소년을 향해 묵례를 했다. 소년이 무성의하게 고개를 끄덕거렸다. 여전히 책을 향해 시선을 고정한 채였다. 건방진 애송이로군. 그는 속으로 중얼거렸다.

    건방진 애송이는 비스킷을 우물거리고 있었다. 접시의 비스킷이 동이 난 다음엔 그가 있는 방향으로 접시를 내던졌다. 다행히 접시는 플라스틱이었다. 주치의는 매일 소년의 건강을 체크해 유선으로 보고해달라고 말했다. 사무장의 경우 자주 일은 어떤지, 적성에 맞는지 물으며 소년의 집사 노릇을 하는 일이 그야말로 악마를 돌보는 느낌이겠지만 가엽고 삶이 얼마 남지 않은 소년이니 좋은 사업에 헌신한다는 생각으로 전력을 다하면 단장님이 크게 기뻐하실 거라고 말했다. 사무장은 종종 단장님에 관한 이야기를 했다. 노숙을 하고 쓰레기통을 뒤지고 길고양이를 잡아먹으며 하루하루 삶의 막장을 재촉하던 자신에게 어떤 대가도 없이 재활의 혜택을 베푸셨던 분인데 '단'이 해체된 다음에도 왕성한 활동으로 당과 의회에 활기를 불어넣은 정력가라고 했다. 비록 현재는 와병이 길어 이빨 빠진 호랑이가 되었지만 말이다. 사무장은 충성심이 강한 사내였다.

소년의 집은 복층의 단독주택이었다. 그는 2층 쪽방에 기숙하며 소년을 보살폈다. 날이 밝으면 으레 마당 화단으로 고무호스를 끌어와 물을 줬다. 화단은 황폐했다. 울타리 너머로 배추꽃이 피어 있었다. 삐뚤빼뚤하고 향기도 없고 식재료로는 더더욱 사용할 수 없는 관상용 배추꽃이었다. 시든 꽃잎이 다발로 죽어가고 있었다. "다 뽑아버려라." 귀머거리 소년이 메모를 찔러주었다. 그는 화단에서 배추꽃을 뽑기 시작했다. 완력 조절에 실패하는 바람에 구근들이 죄다 부러져버렸다. 그는 삽으로 화단을 갈아엎었다. "잘못을 했으니 매를 맞아라." 소년이 장롱에서 떡갈나무 몽둥이를 꺼냈다. 그의 엉덩이를 여러 차례 후려쳤다. 맥이 빠진, 간지러운 몽둥이질이었다. 귀여운 구석이라곤 찾아볼 수 없는 소년이었다. 소년은 부친인 단장님과 자신을 동일시하고 있었다. 권력을 행사하려는 것이다. 코웃음이 나온다. 착각이었다. 그를 체벌할 기회를 호시탐탐 노리고 있는 소년의 태도는 어리석고 부자연스러웠으며 제

신분과 처지를 한참이나 혼동하고 있었다. 그렇게 보였다. 소년은 일부러 이마에 주름을 만들거나 어깨를 으쓱거렸다. 맥락 없는 타이밍에 말이다. 쯧쯧, 혀끝을 차며 소리를 냈다. 그러한 행동들은 책의 삽화에 나타난 단장님의 표정을 피상적으로 복제하는 것이었다. 사무장의 지시만 아니었다면 당장 머리를 쥐어박았을 것이다.

그는 생각했다. 처량한 애송이로구나. 내 통찰이 맞았구나. 단장님의 혈통이 똥물이 되었구나. 비뚤어진 행실을 교정하는 과정이 순탄하지는 않겠다. 게다가 소년은 사람을 함부로 부리고 업신여기는 일에 익숙하지 않은가. 단장님의 고충을 이해하겠다. 그는 소년을 길들이고 싶었다. 소년이 메모를 작성한다. "너는 내가 아끼는 조랑말이다." "엉덩이가 쓸쓸한 조랑말이다." 대체 이 무슨 괘씸한 희롱인가. 황당한 헛소리인가. 삿대질을 해보자. 준엄한 세계의 무자비한 이치에 관해 가르쳐주자. 똑똑히 들어라. 설교가 아니라 애정이다. 야단이 아니라 각성이다. 너는 이 세상이 한 사람의 어른 귀머거리를 얼마나 혹독하게 다루는지 모르고 있는 것만 같다. 비록 지금은 집사인 나의 온유함과 단장님의 따사로운 후광을 버젓하게 받아먹으며 안정적인 생활을 영위하고 있지만 말이다. 단장님께서 돌아가시면 너는 그저 무연고자다. 제 결손을 보충할 만한 어떤 특별한 재능도 갖추지 못한 빈털터리 말라깽이다. 그때까지 그런 돼먹지 않은 태도를 견지하고 있다간 두고 봐라. 좌절과 굴종이다. 투항과 능욕이다. 현관을 나서면 동물 공장의 수은등 아래서 갈고리에 걸린 육체의 부동성으로 뭇매를 견디는 이들이 수두룩하다. 게다가 넌 가문의 망신살이 아니냐. 네 꼴을 보니 열이 뻗친 단장님이 죽통을 날리겠구나.

물론 그에게 이러한 역할은 금지되어 있었다. 더군다나 그는 시시각각 소년의 발길질에 엉덩이를 걸어차이고 있었던 것이다. 그에겐 지침이 있었다. 허락된 반경이 있었다. 예컨대 그는 소년에게 젓가락질을 전수할 수 없었다. 그러나 그는 소년의 미숙한 젓가락질을 통해 발생하는 온갖 자질구레한 문제들을 감내해야 했다. 소년의 입술을 닦아주어야 했다. 세탁한 속옷을 준비해야 했다. 그는 소년을 교화하거나 훈육할 수도, 이 모든 만행을 저지할 권리 또한 없었다. 어쨌든 소년은 단장님의 아들이었기 때문이다. 소년에겐 외출이 허용되지 않았다. 소년의 난폭한 성정은 환기할 구멍을 찾지 못한 채 집 안 곳곳에 거무튀튀하게 눌어붙었다. 귓구멍에서는 수시로 노란 고름이 나왔다. 고름은 고약한 악취로 응축되어 있었다. 소년은 단장님과 비슷한 기질을 공유하고 있었음에도 양상이 판이했다. 무엇보다 약골이었고, 후두에 가시가 걸린 것처럼 읍읍 소리를 내는 그 괴상한 발음은 단장님이 '단'을 지휘할 당시의 호방한 권능에 도달하지 못한 채 간데없이 쪼그라들기 일쑤였다. 일자로 찢어진 눈매는 싸구려 공산품 인형의 조악한 가봉을 연상시켰다.

그럼에도 이 처치 곤란한 귀머거리 소년이란 자신의 비좁은 세계에서는 확실히 어떤 부정적인 영향력을 행사하고 있었다. 소년은 쾌활하게 폭소를 터트릴 정도로 강건한 심장을 갖고 있진 못했지만 매 순간 형편없이 찌그러진 미소를 짓고 있었는데, 타인에게 굴욕을 종용하는 그 불길한 미소는 언제나 몸종인 그가 소년 자신으로 인해 얄궂은 상황에 처하는 순간을 자축하고 있었다. 구제 불능의 악화 일로를 향해 바삐 걸어가는 소년은 이제 대놓고 그의 면전에 침을 뱉기도 했고, 떡갈나무 방망이를 무분별하게 휘두르며 집 안 전체를 소란스레 들썩이는 닭장으로 변모시켰다. 물론 비유적인 의미에서 말이다. 뻣뻣한 깃털들이 난분분하게 날리는 닭장, 푸드덕거리며 철창에 날개를 짓치는 스테로이드 수탉들, 고릿한 닭똥이 집채만큼 쌓여 있는 새대가리들의 우주를 떠올리면 되겠다. 혹은 소년은 소규모 사과 박스 안에서 정신분열증에 시달리고 있는 병아리였다. 놔두면 제풀에 시름시름 앓다가 결국 쓰러져 사체를 치워줘야 하는 귀찮은 병아리 말이다. 사무장의 표현이었다. 그는 벌겋게 부어오른 눈가를 비비며 난동을 피우는 소년의 뒤꽁무니를 쫓아다녔다. 종일 집을 어지럽힌 소년이 탈진해 침상 위로 나가떨어지면 그는 곧장 소년의 몸에 담요를 덮어주었다. 그리고 주치의에게 전화를 걸었다. "……안녕하세요." "건강한데요." "날뛰기까지 하는데요." "미쳐버리겠는데요."

한낮이었다. 그는 사무장이 방문한다는 소식을 듣고 집 안을 청소했다. 엎드려 걸레질을 했다. 소년은 모처럼 조용했다. 침실에서 혼곤한 낮잠에 빠져 있었다. 그는 변기에 세제를 풀고 커버를 덮어두었다. 사무장의 언급에 따르면 단장님께서 세상에 내놓은 수많은 자식들이 전부 그가 관리하는 소년처럼 비뚤어지지는 않았다는 것이다. 몇몇은 벌써 당의 요직에 진출해 단장님의 말년을 빛내주고 있다고 했다. 단장님의 골치를 썩이는 아이들은 개중에서도 소수이다. 그러한 아이들로 말할 것 같으면 단장님의 명예를 실추시키는 얼간이들이다. 랩으로 밀봉해 버려져야 한다. 재갈을 물려 드럼통에 처박아야 한다. 그러나 단장님은 매우 인자하시며…… 등등. 단장님은 소년의 존재를 부끄러워하지 않는다. 그저 챙기고 먹여야 할 식솔이 많아 모든 이에게 평등한 관심을 분배하지 못할 따름이다. 그는 사무장에게 단장님을 뵙고 싶다고 말했다. 간청한다고, 한 번쯤 이곳으로 내방하신다면 소년 또한 제 병세를 물리치는 데 도움이 될 것이라고 말했다.

사무장이 길길이 화를 냈다. 단장님은 시대를 풍미하고 당의 각료들과 교우하고 국가를 제 발밑 융단으로 깔아버린 역사의 위인이신데 지렁이 끄트머리 따위가 함부로 만남을 청할 수 있을 정도로 한가로운 사람이 아니라는 요지의 폭언이었다. 그는 얼떨떨했다. 이때 지렁이 끄트머리란 그와 소년을 동시에 포함하는 말이었다. 사무장이 격노를 가라앉힌 듯 말을 정정했다. 네 통장에 매달 입금되는 급료를 생각해봐라. 소년의 병을 치유하기 위해 단장님이 매달 지불하는 돈이 얼마나 되겠는지 좀 상상력을 길러봐라. 단장님의 관심은 비단 단장님과의 대면에서 주어지는 것이 아니라 단장님이 관할하는 가정 개개의 중추에 은근하고 다정한 방식으로 스며들었단다. 애써 일러주었으니 오늘부터 단장님의 은혜를 자각하길 바란다. 그는 전화를 끊었다. 자신을 향해 암시를 걸었다. "그렇습니다. 저는 항문입니다. 저는 뒷간의 미끄덩한 똥통에 빠져 허우적거리는 지렁이예요. 제 잠재성에 오물을 끼얹은 사람이 바로 접니다. 체념이 아니라 시인이에요. 실토하고 있는 겁니다. 저는 기꺼이 자백하는 의젓한 지렁이예요." 그러나 그는 자학적인 정신의 소유자는 아니었다. 그는 마른 헝겊으로 창문을 공들여 문질렀다. 햇볕이 얌전해졌다.

초인종 소리가 들렸다. 사무장은 주치의와 함께 등장했다. 주치의는 무테안경을 쓴 샌님이었고, 마당을 통과해 집 안으로 들어서는 동안 줄곧 소년의 용태가 기술된 차트에 코를 박고 있었다. 그가 인사를 청한 다음에도 무언가를 웅얼거리며 차트에서 눈을 떼지 않았다. 사무장은 원체 일밖에 모르는 사람이니 괘념치 말라고 했다. 주치의는 소경처럼 주춤거리며 굼뜨게 걸었다. 아마 주치의 또한 그 자신이 그러하듯 단장님의 가사에 관한 업무를 성실하게 수행하고 있다는 사실을 과시하고 싶은 것은 아닐까. 커피포트에 물을 끓이는 동안 주치의와 사무장은 4인용 식탁 앞에 앉았다.

"거리에 무기력하게 방치된 생물 인간들을 알코올 냄새가 나는 공중 병원의 세탁실로 운반합니다. 위생을 포함한 애완용 교련과 화목한 애정을 흠뻑 몰아주는 일련의 갱생을 순식간에 해치웁니다. 부랑자들은 누군가 자신을 납치하고 있는데 나는 죽었군, 드디어 그렇게 되었군, 다음번 삶이 무진장 기대되는군, 흠흠, 헛기침을 하며 겸양을 떨고 있습니다. 일인분의 경영에 실패하고 삶 전부를 빌어먹는 일에 써버렸으니까요. 세탁실에 내팽개쳐진 절반 시체들을 보세요. 비천한 묘혈이 국물을 토해내는 진창입니다. 수몰된 육체들이 부침을 거듭합니다. 제품을 끼얹으면 살점이 감염성 화농에 포자를 내린 버섯처럼 부글거리기 시작합니다. 온몸이 독성으로 새콤해지고 통각이 표백된 얼룩과 함께 수챗구멍 아래로 떠내려갑니다. 매끈해진 피부는 햇볕을 뻔뻔스럽게 튕겨냅니다. 한번 단원이 되면 영원히 더러워지지 않는다. 광장에 입문하였다. 자의식은 해머로 부숴버린다."

그들은 소년의 병세를 부정적으로 진단했다. 소년의 상태가 매우 위독하다는 것이다. 소년의 목숨이 경각에 닿아 길어도 몇 개월을 넘기지 못하리라는 것이다. 사무장이 주치의를 닦달하며 침통한 표정을 짓고 있으면 주치의가 쭈뼛거리며 몇 개월이 아니라 며칠, 아니 오늘 저세상으로 가버리더라도 이상하지 않을 정도라고, 일단 어젯밤에도 각혈을 하지 않았느냐고 되물어오기 일쑤였다. 각혈? 그의 입장에서 사무장과 주치의의 대화는 따분한 만담을 관람하는 일 이상의 효과를 불러일으키지 못했다. 그가 느끼기에 소년은 아주 건강했기 때문이다. 각혈은 물론 기침을 하거나 열이 오르지도 않았고, 실신하거나 통증을 호소하는 일도 없었던 것이다. 건강하다 못해 그를 집요하게 괴롭히지 않았던가. 소년이 병중이라는 것이 정말 사실인가. 돌팔이의 속임수가 아닌가. 납득할 수 없다. 죽음이 임박했다면 질병의 비관적인 예후를 나타내는 최소한의 조짐이라도 발견할 수 있었을 것이 아닌가. 그는 생각했다. 아니면 그들의 대화 자체가 애초에 어떤 엉큼한 암시를 내포하고 있는가. 몰래 귀띔을 주고 있는 건가. 그러니까 그가 사무장에게 고용된 진짜 목적이 따로 있다면, 무언가 다른…… 보다 위험하며 그렇기 때문에 그들의 입으로는 감히 내뱉을 수는 없는…… 이러한 추론이 사실이라면 그들은 지금 그를 향해 뭔가 유의미한 의사를 타진하고 있는 셈이 된다. 생각이 여기까지 미쳤을 때 그는 사무장과 주치의가 곁눈질로 그의 반응을 살피고 있다는 사실을 깨달았다. 식은땀이 났다. "그렇다면 우리는 어떻게 해야 하는가?" 사무장이 그를 빤히 바라보았다. 눈가가 촉촉해져 있었다. "얼마나 슬퍼하시겠는가?" 기만적이다! 비겁한 개자식이다! 악어의 눈물이다!

"표본과 침묵과 죄악감의 시절을 금자탑으로 여기고 되풀이해 치성을 드립니다. 물려받은 공포를 대물림하기 위해 가정을 꾸리고 부패한 우유처럼 고약하게 굳어버린 하나의 이야기를 무더운 태양 아래서 중얼중얼 외워봅니다. 아이가 태어나면 그 아이가 온전히 아둔한 사람이 되도록 돌림노래를 불러줍니다. 아이가 겁에 질려 문간을 벗어나지 못하면 이 멍청하고 나약하며 인간의 어엿한 자질이라곤 아무것도 갖추지 못한 폐기야, 처맞기 싫으면 밖으로 나가버려라, 밖으로 나가 불에 달궈진 꼬챙이를 쥐고 집 잃은 요크셔테리어들을 열심히 쑤셔라, 윽박을 지른 다음 통통하게 무르익은 아이의 엉덩이를 슬쩍 꼬집어줍니다. 혀가 닳아 돌기가 따끔거릴 때까지 추억을 핥아댑니다. 멸균실에 자신을 유폐한 채 기나긴 밤 거꾸러진 음경을 엄숙하게 장식하는 비철로 된 녹슨 방울들이 명상적으로 딸랑거리는 소리를 청취하며 스쿼트에 집중합니다. 아이들이 자신의 분신이 되는 모습을 흐뭇하게 내려다보며 '단'의 고질적인 페니스를 모색합니다. 온몸에 피를 칠갑한 채 주인을 올려다보는 착하고 깜찍한 염소들을 위해 개별 가정의 불행에 매진합니다. 실종된 자의식을 회고적인 우울로 대신합니다. 한화를 뻥튀기하는 황혼의 동남아에서 관능의 꿀맛을 즐겨봅니다. 그럴 수 있습니다."

방문이 열리고 소년이 나왔다. 소년은 식탁의 빈자리에 앉았고 칭얼거리듯 미간을 찌푸렸다. "수화를 가르쳐야겠군. 그럴 때가 되었군." 사무장이 말했다. 소년이 주먹으로 식탁을 내리쳤다. 그때 팔을 치켜든 사무장이 소년의 머리를 쓰다듬기 시작했다. 그는 소년을 관찰했다. 만만한 녀석이 아니다. 사무장과 주치의의 음모에 호락호락 놀아날 녀석이 아니다. 틀림없이 뺨을 맞을 것이다. 그는 속으로 킥킥 웃었다. 그러나 소년은 잠잠했다. 도리어 목을 구부리며 사무장의 손짓에 호응하는 것이었다. 이때 투박한 사무장의 손아귀로 말할 것 같으면 응석과 항의 사이에서 지지부진하게 갈등하고 있는 소년의 정수리에 올라앉은 커다란 독거미였다. 흉포한 타란툴라, 그러한 타란툴라를 능청스레 감추고 있는 유혹자의 중절모였다. 사무장이 제 손을 거둬들였다. 소년은 온순했다. 주치의와 사무장이 자리를 바꿨다. 소년은 제자리에서 치아로 입술을 잘근잘근 깨물고 있었고, 우두커니 제 사타구니를 내려다보며 울적해했다.

주치의가 소년의 팔에 고무줄을 묶었다. 가방에서 남색 벨벳이 커버로 씌워진 작은 상자를 꺼냈다. 상자를 열자 주사기 두 정이 기구와 닮은 모양 홈에 가지런히 꽂혀 있었다. 한 정의 실린더는 비어 있었고 다른 한 정의 실린더에는 투명한 주사액이 가득했다. 주치의가 소년의 동맥에 주삿바늘을 삽입했다. 그는 마음속으로 되뇌었다. "소년, 지금이야, 자리를 박차고 일어나 주치의의 따귀를 갈겨보라고, 코피를 터뜨리라고, 분명 너를 해코지하려는 속셈이니까, 부러진 안경을 찾아 엉금엉금 바닥을 더듬거리는 주치의의 뭉툭하게 도드라진 앞턱……! 그 발가벗은 급소……!" 소년은 침착하게 주사기의 눈금이 줄어드는 광경을 바라보고 있었다. 보채거나 달아나지도, 생떼를 부리거나 투약을 회피하지도 않았다. 소년은 의연했다. 사무장은 그러한 용기가 가상한지 소년의 어깨를 가벼이 토닥거렸다. 볼모로 잡힌 용기였다. 소년이 움찔, 눈을 깜빡였다. 눈동자가 말린 무화과처럼 쪼그라들었다. 주삿바늘이 소년의 왼팔을 빠져나왔다. "이번엔 오른팔을 주렴." 주치의는 소년이 귀머거리라는 사실을 잊어버린 모양이었다. 사무장이 소년의 오른팔을 주치의에게 넘겨주었다. 주치의가 소년의 팔목을 매섭게 잡아챘다.

　이후 소년은 사무장에게서 건네받은 서신을 읽었다. 난삽한 필체였다. 의미 범벅이었다. 레이아웃을 어지럽히는 글자들이 만취한 자의 걸음걸이처럼 지그재그로 나아가다 울창한 물풀이 질펀하게 자라난 습지에 고꾸라져 진퇴양난의 보법을 되풀이하고 있었다. 어떤 문단에는 행렬이 통째로 비어 있었고 그러한 한 뙈기의 무익한 공백을 탈취하기 위해 첩보전을 벌이는 합종연횡의 게걸스러운 장관이 펼쳐지는 중이었다. 단장님의 서신이었다. 펜촉을 눌러쓴 듯 색이 진한 부분도, 시간에 쫓긴 것처럼 마무리가 누락된 문장들도 있었다. 소년이 서신을 읽었다. 종일 읽었다. 사무장과 주치의가 떠난 다음 한숨을 쉬거나 트림을 하면서, 용지에 시선을 고정시키고, 눈물을 뚝뚝 흘리며, 흐느끼면서, 서신이 품고 있는 비밀스러운 정념에 압도된 채 그것에 휩쓸린 난파선 선원처럼. 그러나 또한 소년은 엉망으로 헝클어진 필체의 덤불을 헤치고 아버지의 메시지를 알아보았을까? 그것은 가능한 일일까? "나는 죽어가고 있단다…… 복강에 길쭉한 패키지를 삽관한 채 시끄러운 유령들의 놀림거리가 되고 있단다……." 서신의 내용은 밝혀지지 않는다. 그것은 규명되지 않는다. "내 도륙된 문장(紋章)과…… 도둑맞은 영욕의 거짓 장엄함 속에서…… 그러했구나…… 정성을 약속하던 치들이 나를 뒷방에 매장했구나……! 나를 반겨주어라! 내 사과를 받아주어라……! 나를 경애하던 간병인들이 해사한 웃음을 지으며 내 머리맡으로 몰려드는구나. 내 입술에 극약을 떠먹이고 있구나……!"

소년은 아버지를 그리워하고 있었다. 냉담한 아버지였다. 소년에겐 단장님을 회상하기 위한 어떤 추억도 허락되지 않았는데, 만약 그러한 추억이 뇌리에 각인되었다면 소년은 으레 시간이 지남에 따라 제 윤곽이 바래는 그 소중한 인상을 보존하기 위해 필사적인 노력을 다했을지도 모른다. 그것으로 충분했을지도. 그러나 그러한 일은 일어나지 않았다.

그는 골몰했다. 사무장은 그를 시험하고 있는 것이다. 그는 사무장의 암시를 해독하기 위해 먼저 머릿속 둥지에 서식하는 어린 새들을 둥지 바깥으로 내쫓기로 했다. 나무에서 떨어진 새들은 점차 깃털이 빠졌다. 가냘픈 골격을 드러냈다. 지저귀는 새들은 두통을 유발했다. 죽은 새들의 경우, 사체를 탐식하는 구더기들의 득실거리는 생기와 징그러운 활력으로 어수선했다. 주치의는 강렬하게 내리쬐는 대낮의 태양이 소년의 목덜미에 빨대를 꽂고 그 빈곤한 생기와 활력을 모두 빨아들일 것이라고 말했다. 소년은 집 안의 어둑한 그늘을 탈출할 수 없었다. 그것은 단장님의 뜻이기도 했다. 그는 몰랐다. 그는 소년의 귓속에서 광채를 잃는 별자리들을 몰랐다. 소년을 두껍게 에워싸고 있는 아사한 고요에 관해, 상속된 저주에 관해, 소년이 소년 스스로 사로잡힌 진공의 밀실에서 와자하게 떠들어대는 얼굴 없는 단원들의 무한한 먹이에 불과하다는 사실 또한 알지 못했다. 소년은 단장님의 음성을 들었다. 귀를 기울였다. 소년에게 단장님의 목소리란 사라지는 메아리가 아니라 가없이 거듭되는 환청이었다. 무전이 끊긴 음침한 지하 벙커에 감금된 채 생사가 불투명해진 통신병들의 풍요로운 두개골을 걸신스레 파먹고 있는 눈먼 딱정벌레들처럼 말이다. 가끔 그는 소년에게 재밌는 이야기를 들려주고 싶었다. 그러나 소년의 관심을 잡아끌 수 있는 이야기는 단장님에 관한 이야기뿐이었다. 그리고 그는 단장님과 '단'의 폭력이 횡행하던 시절에 관해 아는 바가 별로 없었다.

*

그렇다. 그는 사무장이 언젠가 반드시 자신을 해치리라는, 자신의 목숨을 무참하게 약탈하리라는, 이유도 없고 그러한 일이 실제로 벌어진다고 해도 별 이의를 제기할 수 없는, 예컨대 내막과 출처를 탈취하는 두려움의 지엄한 개연성으로, 작위를 부풀리는 망상적 핍진함으로, 절연 피복이 벗겨진 구리선, 와이(Y) 자를 그리는 엇비슷한 묶음의 매듭들을 통해 낱낱이 결박된 인간 포로들, 결백한 자들, 둔감한 마취 상태에서 억울하게 끌려 나온 자들, 무릎을 꿇고 갑판에 머리를 찧으며 애걸복걸과 좌불안석을 되풀이하는 자들, 피랍용 예인선, 척척한 가랑이— '단'에 의해 부당하게 희생된 누군가의 최후를 상상으로 복기하듯이, 그곳은 찬바람이 부는 비릿한 선창이며 이슥한 한밤, 선박 갑판이 불안스레 흔들리고 페인트가 벗겨진 철제 난간에 기우뚱 내걸린 그의 상반신이 선박 아래쪽으로 고꾸라져 있다. 슬쩍 밀치면 그대로 엎어질 텐데 기승수가 말을 다루듯 그가 바닷속으로 자빠지지 않도록 뒷덜미를 당기고 있는 사무장, 인질의 엉덩이를 뻔뻔스레 탐닉하며 엄벌 직전을 목청 높여 보고하는 단원들의 정연한 대오, 그의 두려움이 극기를 초과하면 선박 위로 등장하는 단장님, 삽화와 멀미와 소문과 사멸한 역사의 야단스러운 분탕질을 통해 성사된 '단'의 존귀한 결가부좌, 단장님이 뒷짐을 지고 그들 사이를 가로지르고 있는데 단원들은 단장님의 손목에서 쩔렁거리는 금장 팔찌를 바라보며 단장님께서 수신호를 하시길, 휘파람을 불어주시길, 뭔가 결정적인 분부를 하달하시길, 우리들의 잿빛 눈동자에 담대한 활로를 수혈하시길, 붙잡은 인질을 바닷속으로 내던지고 당일의 징벌을 완수하게 되기를, 그러한 돌올함으로 자수정처럼 응결되는 그들의 페니스, 나의 아름다움, 나의 선물, 나의 고독, 나의 불쌍함, 나의 역능, 나의 광기, 나의 지식, 처벌 직전의 팽팽한 긴장이 해금되고 긴장 속에 억류되어 있던 새빨간 자아가 매설된 전선에 전극을 붙인 클레이모어 탄두처럼 사방으로 솟아오르며 일시에 터져버리기를, 꼬리를 그리며 멀어지기를, 대양 한복판에서 예인선을 반으로 쪼개며 수면 바깥으로 머리를 들이미는 거대 두족류처럼, 부표처럼 떠오른 인간들의 머리를 우악스레 낚아채는 끈끈한 빨판들.

　"나는 수삼 일 전부터 드럼통 안에 감금된 채 생면부지의 어둠을 응시하고 있소. 빗줄기가 쏟아지고 있소. 철제 합판이 얼얼한 소음과 함께 요동치고 있소. 편자를 새로 교체한 무량한 기병대들이 나의 쇠잔한 육체를 짓밟고 지나가고 있소. 나는 당신에게 말을 걸고 있는 것 같지만 어째 나의 마음을 간추리거나 당신을 미혹하는 일 모두를 등한시하고 있는 것만 같소. 그것은 내가 최근 출구에 대한 생각만을 지속하고 있기 때문이오. 내게 이외의 것들은 중요하지 않소."

"나는 소심한 너구리처럼 쪼그려 앉았다오. 그들이 나를 이곳에 가뒀다오. 달아오른 철침이 자욱한 연기를 토해내며 천장을 용접하고 있었다오. 나는 미지근한 어둠이 불똥을 튀기며 몰려드는 광경을 막막하게 바라보고만 있었다오. 나는 도착적인 행정의 세절된 끄나풀이었다오."

"시간의 경과를 측량하기 위해 정체된 시간의 멱살을 잡아보기도 하고 훼손된 휘파람새의 날개를 부러뜨려 깃펜으로 써먹는 환원주의자들의 산수를 베껴보기도 하지만 내가 측정한 시간의 경과가 당신에게까지 정확하기를 바라지는 않소. 당신과 내가 따로 또 같이 속한 세계가 단지 단 한 마리의 굶주린 들쥐를 포획하기 위해 설계된 우주에 불과하다고 해도 그 들쥐는 도통 나타나지 않고 있소. 굶주린 들쥐가 덫에 걸리면 이 세계가 끝장이 나는 거지."

"……내가 당신의 가슴에 손을 얹으면 당신은 이내 어눌하게 뒤척이는 내 손등에 손바닥을 겹쳐놓았소. 곧 당신은 슬며시 힘을 주어 내 손을 당신의 배꼽으로 미끄러트렸지. 나는 당신의 흐름을 존경하고 있었소. 존경했으니 머리가 쭈뼛 서고 감각이 예민해져서 내 손길이 당신이 부리는 나긋나긋한 궤적에 편승하고 있다는 사실만으로 가슴이 두근거리고 있었다오."

들썩이는 파도가 수중 등대와 선상 조명이 퍼트리는 눈부신 광채로 인해 알알이 으깨어진다. "내가 어쨌으면 좋겠소?" 지금 그에게 물음을 던지는 음성은 단장님의 것인가, 사무장의 것인가. 그러나 대답해보자. 대답을 그만둘 수는 없으니까. 오늘 지구는 우주를 떠다니는 위대한 심신상실이다. 대양 한복판에서 꿈의 공중 정원으로 위장된 군함도가 모습을 드러낸다. 강철로 빚은 포신이 빽빽하게 돋아난 군함도의 바짓가랑이를 애처롭게 붙드는 포말들이다. 군함도의 까마득한 정수리에서 당의 깃발이 나부끼고 펄럭거리고 그것들은 어디로 약진하는가. 혼비백산으로 후퇴하는 유령들인가. 호두로 망치를 부술 수 있을까. 고립된 상상에 합당한 처벌을 부과할 수는 없는 걸까. 부두에서 만발하는 자축용 축포, 꼬마전구들이 점점이 박혀 있는 괴사한 정원의 크리스마스 덤불, 유기된 황홀경, 행복한 낙진, 점액질 고름을 뒤집어쓴 신생아들이 옥외 변소의 수챗구명을 향해 무더기로 처박히는 광경, 낙하산을 멘 들쥐들, 노역에 종사하는 기계들이 황폐하게 녹슬어 있는 관능의 음울한 전시장, 혹은 그러한 부두에 도착하지도 못한 채 불합리한 인질극의 제물로 전락하는 것은 아닐까. 그러나 그러한 속내와 무관한 혓바닥은 다음과 같은 말을 뱉어내기 시작하는 것이다. "저를 바다에 빠트리세요!" 항변하고 있는 것이다. "색색으로 반짝거리는 물고기들은 제가 돌아와 반갑고 신이 나는지 꼬리를 흔들고 있고요." 다음을 마련하는 것이다. "아양을 떨고 있고요." 무지를 구태여 상연하는 까닭은 그것을 더 잘 응시하기 위해서다. "물고기들이 제 입술에 산소를 먹여주고요. 손목의 결박된 매듭을 끊어주고요." 회전의 임계점을 파쇄하기 위해서다. 황산을 엎지르기 위해서다. 스스로의 두뇌를 향해서 말이다. "물고기들이 길을 가르쳐주면 저는 헤엄을 치면서 예인선을 따라붙어요. 이번엔 제가 먼저예요! 당신은 뒤처졌어요! 꿈자리에서 탈락했다고요!" 단장님이 수신호를 하신다. 그는 소년의 목구멍을 향해 숟가락을 집어넣는다. 소년이 기침을 하고, 입에 물린 숟가락 사이로 묽은 거품이 주르르 흘러내린다. 숟가락이 깊어진다. 소년의 눈동자가 뒤집어진다. 그는 뒷걸음질을 한다.

"깨어나면 응급처치를 하세요. 다친 이마를 소독하세요. 상비함에 남은 헝겊이 둘둘 말려 있으니 환부를 감싸세요. 싸늘한 바닥에 모로 엎드려 멀어지는 의식을 갈음하던 당신의 모습이 눈에 선합니다. 마음에 남아 죽지도 못하겠어요. 저를 잊어버려요. 알약을 삼켜보세요. 좋지 않은 기억이 진정되면 제가 직접 만나러 갈게요."

"그들은 흥분한 사람들도, 집단적인 열광에 마음을 빼앗긴 사람들도 아니었다. 사무적인 억양이었다. 당신이 그저께 구입한 주머니칼이 문제가 되었다. 당신이 자주 드나들던 파친코가 문제가 되었다. 당신은 경솔하고 부주의하며 스스로를 성찰하지 못한다. 우리는 친절한 사람들이다. 당신은 숨만 쉬어도 잘못을 저지른다. 그것이 잘못이 아니라고 주장할 생각이라면 당신은 벌써 우리를 적시하고 있는 셈이다. 우리가 이곳까지 방문한 이유는 당신의 신병을 안전하게 인도하기 위해서다. 거절한다면 완력을 행사하겠다. 모가지를 베어 젓갈을 담그겠다. 시큰하게 발효된 머리를 당신의 아내에게 보여주겠다. 울부짖는 아내의 심장에 총칼을 들이대겠다. 우리는 거짓말로 스스로를 모독하지 않는다. 우리는 불손한 사람들이 아니다. 우리는 꽃가마다."

"이후 당신은 당일까지 마감할 원고가 있다며 약간 신경질적으로 굴었고, ……나는 당신의 글쓰기를 기다리는 동안 최근 당신이 한 잡지에 발표한 소설을 읽기로 했다. 소설에는 제과점에서 아르바이트를 하는 젊은 여성이 등장한다. 저녁 즈음 아르바이트를 마친 여성은 가출한 중학생 남동생을 찾아 동네 아파트 단지를 헤매고 다닌다. 당신은 울창한 가로수와 정연하게 반복되는 보도블록을, 전속력으로 질주하는 오토바이와 정자에 모여 말보로를 나눠 피우는 노파들을 극진한 호흡으로 묘사한다. 문장들 사이의 느지막한 간격을 견디는 일이 녹록하지 않다. 당신은 망설인다. 단어들은 정갈한 유예를 되풀이한다. 당신이 소설을 다 쓰면 우리는 등산을 간다. 청설모가 달아나고 바스락거리는 낙엽들이 귀를 간질인다. 우리는 손을 맞잡지 않는다. 해거름이 지는 산 중턱에서 완전히 지쳐버린다."

잠에서 깬 그는 소년의 고함을 듣는다. 1층으로 이어진 계단을 내달린다. 그림자들이 물풀처럼 허우적거린다. 집 안 곳곳을 부리나케 뛰어다니는 그의 그림자들이다. 거실은 어슴푸레하다. 여명이 자욱하다. 그는 소년의 방 앞에 선다. 문고리를 비틀어본다. 문고리가 찰칵, 소리를 낸다. 문고리는 잠겨 있다. 그는 소년의 이름을 부른다. 개운치 않은 적막이 스산하게 내려앉은 집은 자연스레 불길한 예감을 불러일으킨다. 그는 문짝을 주먹으로 두들기다 종내 발길질을 한다. 소년은 응답이 없다. 그는 조급해진다. 나쁜 꿈이라도 꾼 걸까. 나쁜 꿈이라면 으레 단장님에 관한 꿈이다. 참수된 꿈이다. 한번 참수되면 다행이다. 연달아 참수되는 꿈이다.

소년이 침상에서 상반신을 일으킨다. 거실 쪽에서 발을 구르는 소리가 난다. 그것은 소리가 아니라 소리의 기억이다. 홀연한 개꿈이다. 소년의 귀는 어떤 음향도 채집하지 못한다. 젖은 나방으로 붐빈다. 오한이 든다. 시야가 뒤집힌다. 머릿속이 혼미하다. 소년이 이불을 머리까지 뒤집어쓴다. 잠이 오지 않는다. 이내 소년은 단원들에 의해 천장에 거꾸로 매달린다. 맨발에는 피딱지가 엉겨 있다. 발목이 공중 한가운데서 부자연스럽게 비틀려 있다. 단원들이 창문에 암막을 친다. 아가리에 양말을 물린다. 속삭이는 단원들이 소년을 처분하기 위한 적당한 방법을 모의하는 동안 혼절한 것처럼 축 처진 소년의 어깨가 허공에서 빙글빙글 원을 그린다. 물구나무선 상태로 아래쪽을 향해 기울어진 소년의 이마에서 경동맥 몇 가닥이 물뱀처럼 꿈틀거린다.

단원들은 소년이 단장님의 사생아라는 사실을 모른다. 상상조차 못 한다. 가혹한 처사다. 배은망덕한 머저리들이다. 주제넘은 월권이다. 그러나 또한 단원들에 의해 공중에 대롱대롱 매달린 이 헐벗은 소년에게 과거 단장님의 그것과 대등한 권위를 기대할 수는 없는 일이다. 결렬된 혈통이다. 준엄한 심판이다. 애걸하고 훌쩍거리고 인정에 호소해봐라. 살려달라고 빌어봐라. 자신의 처지를 자각해라. 최선을 다해 용서를 구해봐라. 선처를 부탁해봐라. 제발 좀 분수를 파악해라. 소년은 여전히 아무런 응답이 없다. 오히려 단원들의 처분을 기꺼이 받아들이겠다는 태도다. 이미 늦었어. 똥고집을 꺾고 살아남기 위해 모든 성의를 다해라. 내 절박한 외침을 들어주어라. 그는 생각한다. 머릿속이 오물에 전 탈지면이 된다. 소년의 방문은 여전히 굳게 닫혀 있다. 메아리가 집 안을 맴돌다 서서히 사그라진다.

"텐트에 짐을 풀고 낚싯대를 정돈하고 있는데 바닷바람을 쐬러 해안에 다녀온다던 당신이 한 손에 낯선 양동이를 들고 돌아옵니다. 양동이에는 아가미에 단검이 박혀 피범벅이 된 송어 한 마리가 있습니다. 핏속에서 사납게 몸을 뒤척이고 있습니다. 아직 명줄이 붙어 있는 것이 신기할 지경입니다."

"어떤 좆같은 놈이니? 어떤 좆같은 놈이 대가도 없이 방금 낚은 귀중한 송어를 무상으로 나눠주었니? 제가 다그쳐 묻자 당신의 얼굴이 사색이 되었습니다. 저는 단검을 빼냈습니다. 싱싱한 송어의 아가미에서 혈액이 콸콸 쏟아졌고 저는 즐거웠습니다. 즐거워서 콧노래를 부르고 싶었지요."

"이봐, 당신, 그렇게 어수룩하게 서 있지 말라고. 송어를 만져보라고. 대가리를 쥐어보라고. 저는 주저하는 당신의 모가지를 난폭하게 붙잡았습니다. 구역질을 하라고, 친해지라고, 처먹으라고, 디스토마로 뒈져보라고, 저는 이를 뿌득뿌득 갈며 당신에게 제 애정을 보여주고 싶었습니다."

"저는 무른 사람이 아닙니다. 미신과 저주에 놀아날 정도로 상식이 없는 인간도 아니에요. 저는 다만 해안의 낚시꾼들을 향해 당신이 흘렸을 그 천박한 웃음을 갚아주려는 겁니다. 저는 흥분했고 길길이 날뛰기 시작했습니다. 그때 파도가 들락거리는 해안의 돌무더기 너머에서 한 무리의 낚시꾼들이 다가오고 있었습니다. 한 손에 짱돌을 들고서 말이지요."

그가 열쇠로 방문의 잠금장치를 해제하고 방 안으로 들어섰을 때 소년은 알몸이었다. 방은 싸늘했다. 소년은 침대에서 굴렀던 모양인지 바닥에 몸을 밀착하고 누워 있었다. 전신이 참혹하게 멍들어 있었는데 모두 구타의 흔적을 연상시켰다. 그는 소년의 맥박을 쥐어보았다. 맥박이 경미하게 뛰고 있었으며 그는 큰일이 났다고 생각했다. 큰일이 났다. 그는 장롱에서 몽둥이를 꺼냈다. 소년의 갈빗대를 겨냥해 몇 차례 휘둘렀다. 소년의 몸이 미약하게 동요했다. 숨이 멎었다. 그는 몽둥이를 내팽개치고 소년의 면전에 무릎을 꿇었다. 미안한 마음이 들었다. 그러나 소년의 책임이 아예 없었던 것은 아니다. 소년이 조금만 붙임성이 있었더라면, 귀여웠다면, 나를 따랐다면, 사무장과 주치의의 음험한 모략에서 소년을 구해내기 위해 구태여 겪지 않아도 될 위험을 감수했을지도 모른다. 그는 생각했다. 소년이 귀머거리가 아니었다면, 눈치가 더 빨랐더라면, 단장님이 병상에 처박혀 용도 폐기된 헛소리를 지껄이는 실각한 노인네가 아니었다면. 그는 그러한 무의미한 가정들을 손꼽아 헤아리며 동시에 시신에 입힐 그럴듯한 의상을 생각했다. 자책감이 들었지만 후회가 밀려오지는 않았다. 최선의 선택이었다. 그는 소년의 시신을 양팔로 안았다. 침대에 누였다. 옷을 입혔다. 통풍이 수월하도록 비교적 얇은 이불을 준비해 시신 위에 덮어주었다. 상의는 턱시도, 하의는 반바지였다.

*

하루가 좀도둑처럼 담장을 넘었다. 그는 사무장에게 전화를 했다. 사무장은 기별이 없었다. 신호가 자동 응답기로 넘어갔다. 그는 소년 곁을 지켰다. 종일 아무것도 하지 않다가 헝겊을 빨아 소년의 시신을 닦았다. 의복을 갈아입혔다. 헐렁한 하루가 있었다. 유실된 하루가 있었다. 시신에서 흘러나온 점액으로 이부자리가 더러워졌다. 소년은 매일 몸의 반절씩을 덜어내고 있었다. 그렇게 보였다. 그는 머릿속이 멍했다. 잠을 잤다. 잠은 매일의 경과를 가늠하기 위한 무균형의 칸막이였다. 소년이 사망하고 꼬박 일주일이 지난 다음에야 사무장의 연락이 왔다. 그는 사무장을 맞을 채비를 했다.

사무장이 집 안으로 들어섰다. 구두도 벗지 않고 말이다. 그는 내심 이를 갈았다. 주치의는 휠체어를 밀었다. 휠체어 위에는 벙거지를 눌러쓴 단장님이 앉아 있었다. 벙거지 때문에 메마른 얼굴의 반절이 감춰져 있었다. 단장님의 용모는 책의 삽화에 표현된 강골의 단장님이 정말 맞는지 미심쩍을 정도였다. 핏기 없고 옹색하며 처연한 노인네의 모습이었던 것이다. 몸을 감싼 담요 밑단으로 피골이 상접한 팔목이 보였다. 황달을 앓고 있는 것처럼 노르께한 빛깔이었다. 그는 코를 훌쩍거리며 사무장과 주치의, 그리고 단장님을 따라갔다. 현관 문턱에 걸린 휠체어를 모로 기울이는 와중에도 단장님은 휠체어 팔걸이에 양쪽 팔꿈치를 늘어뜨린 채 아무런 움직임도 보이지 않았다. 슬퍼하고 있는 것 같기도, 소년의 죽음을 무감하게 받아들이고 있는 것 같기도 했다. 사무장이 단장님의 귀에 뭔가를 속닥거렸다. 단장님은 고개를 끄덕거리지 않았다. 휠체어가 소년의 주검 앞에 멈췄다. 그럼에도 단장님은 소년을 응시하지 않았고 휠체어 발치만을 물끄러미 내려다보고 있을 따름이었다. 주치의와 사무장이 호들갑을 떨었다. 귓속말을 하고 아부를 하고 얼쩡거리고 얼굴을 씰룩거리며 휠체어 주변을 분주하게 배회하는 그들은 마치 단장님이 유지하고 있는 견고한 침묵에 훼방을 놓으려는 것처럼 보였다.

주치의가 이불을 걷었다. 소년은 연미복 차림이었다. 주치의가 넥타이를 헤집었다. 와이셔츠 단추를 풀더니 소년의 가슴팍을 손바닥으로 문질렀다. 이내 와이셔츠 밑단을 훌렁 올려 시퍼런 멍이 너절하게 번져 있는 소년의 복부에 청진기를 들이밀었다. 가슴이 떨렸다. 사망이 인가되면 소년을 묻어줄 수 있겠지. 풀어줄 수 있겠지. 그럴 수 있을까. 화단에 파묻거나 토막을 내서 시궁창에 버릴까. 당에선 이 모든 비행을 인지하고 있을까. 물론 인지하고 있겠지. 그러나 나를 처벌하지는 못하겠지. 쾌재를 부르고만 있겠지. 미련한 기계처럼. 두근거리던 가슴이 서서히 가라앉았다. 하찮은 소년들이다. 속 빈 씨앗들이다. 실성한 단장님의 가련한 생식기에서 꾸물거리며 용틀임을 하다 신(神)의 냉혹한 망치에 찍혀 그야말로 비릿한 오징어, 팬티를 핥는 짚신벌레, 내성적인 내성 발톱의 형상으로 무능한 노인네의 소진된 영광의 레이스를 부단히도 복제하는 몽매한 퇴물들인 것이다. 까뒤집힌 소년의 복부는 피멍으로 물들어 있었다. 환부가 다른 피멍들이 결합하고 또 흩어지며 몸에 밴 폭력의 출처를 어슴푸레하게 교란하고 있었다. 부러진 갈빗대로 인해 소년의 왼쪽 가슴팍이 오목하게 꺼져 있었다.

주치의가 청진기에서 들리는 박동에 주의를 기울이는 동안 사무장은 주치의를 초조한 표정으로 바라보았다. 침을 삼켰다. 소년이 사망한 것이 확실함에도 불구하고 사무장과 주치의는 소년의 사망을 신중하게 판정하고 있었고, 말을 아끼고 있었는데—대체 무슨 불필요한 의식을 그렇게나 길고 지루하게 치르는지, 초로의 단장님만이 실리콘 흉상처럼 이 장난에 참여하지 않은 채 고스란히 체통을 지키고 있었다. 물론 그것은 사실 체통의 문제가 아니라 단장님의 육체가 이미 삶에 관한 모든 주권을 상실했기 때문이었다. 독재자를 애도하는 조화들 사이에 파묻힌 채 박물관, 아방궁, 의사당, 실험실, 어쩌면 스스로의 조야한 후광 속에서, 그러한 후생의 적나라한 불멸을 통해 제 박약의 영구적인 실천에 몰두하는 멸균실의 미라처럼 말이다.

"오, 이럴 수가!" 주치의가 외마디 탄성을 내질렀다. 상황이 반전되었다. "살인입니다!" 일순간 사무장이 그의 어깨를 끌어 안았다. 그는 사무장을 뿌리치려 했다. "사건이에요!" 주치의의 외침이 천둥처럼 요란하게 울려 퍼졌다. 사무장이 양팔로 그의 저항을 물리쳤다. 사무장의 주머니칼이 모가지에 닿았다. 그는 놀랐다. 사무장은 남은 한 손으로 그의 입을 틀어막았다. 변명의 기회가 박탈된 그는 넋을 놓은 채 사무장과 주치의의 처분을 기다리고 있었다. 주치의가 단장님에게 고래고래 소리를 질렀다. "단장님! 보라고요! 당신이 사랑하는 아들이 변사체가 되었다고요!" 광분한 주치의가 가슴팍에 주먹을 내지르자 단장님의 목구멍에서 울컥, 핏덩이가 솟구쳤다. "어서 자리를 떨치고 일어나시라고요! 원한과 슬픔을 토해내시라고요!" 단장님의 주검이 휠체어 아래로 미끄러졌다. 사무장이 그의 귓속에 무슨 말을 중얼거렸다. "네가 무슨 짓을 했는지 아느냐…… 단장님이 얼마나 애통해하시는지 아느냐…… 네가 벌인 짓이 2천 년 전의 폼페이에 화염을 끼얹었음을 아느냐…… 토끼의 귀가 다섯이라는 사실을 아느냐…… 순록의 똥을 먹는 오리너구리들이 있다는 것을 아느냐…… 시인들이 실은 주인 없는 지구의 무모한 소름이라는 것을 아느냐……." 단장님은 휠체어에 앉은 포즈 그대로 바닥에 나가 떨어졌다.

그는 어안이 벙벙했다. 교활한 함정이었다. 사무장이 중얼거림을 멈췄다. 주머니칼이 그의 목을 부드럽게 파고들었다. 처음엔 극심한 고통이 밀려왔다. 시간이 게걸음을 쳤다. 이윽고 그는 서서히 희박해지는 시야 속에서 다음과 같은 장면들을 목도했다. 주치의가 자빠진 단장님의 먹살을 쥐고 흔드는 광경, 황금빛 사자상 위에 올라앉아 황금의 목덜미를 물어뜯는 과일박쥐들의 모습, 단장님의 얼굴을 구둣발로 짓이기는 사무장, 으스러진 두개골, 단원들이 뒤를 향해 질주하고 비탈 아래로 굴러가던 드럼통들이 비탈을 거슬러 무더운 허공을 향해 떠오르는 광경, 폭발이 구형(求刑)의 쇠구슬 속으로 되감기는 광경, 화려하게 치장된 저택에서 주근깨가 난 모친의 엉덩이를 깨무는 단장님, 하늘을 손가락으로 가리키며 "이것이 우리의 앞날이다!", "오늘처럼 맑은 날이면 사람을 낚아 목뼈를 뽑아야지!", 침을 튀기며 연설에 열중하는 단장님의 모습, 수많은 죽음들, 측량할 수 없는 죽음들, 독채의 드럼통 안에서 미완의 죽음을 기록하는 끈질긴 망각들, 장엄한 전당대회의 적막을 갈아엎는 독재자의 오발탄, 맹목과 한탄, 울먹이는 가미카제들, 통곡하는 어린 단원들, 소년의 시신에 주삿바늘을 찌르고 혈액을 채취하는 주치의의 모습, 부러지는 바늘과 격화되는 시도, 경악과 견딤, 소년의 혈액을 단장님의 어깨에 주사하고 있는 사무장의 핏발 선 눈동자, 그러나 되살아나지 않는 단장님의 육체, 거룩하게 얼어붙은 거짓 종교의 곳간에서 설레는 가슴으로 견진성사를 치르는 단원들의 홍조 가득한 얼굴, 뇌쇄적 신실함들, 그들의 죄의식을 속성으로 대속하는 쥐 먹은 영성체들과 함께,

그리고 단장님 곁에서 좌절된 혈통의 실험을 증거하고 있는 아드님, 귀머거리 아드님, 그가 살해한 아드님이 있다. 주

치의와 사무장은 현장을 정리하는 일에 여념이 없다. 소년은 무엇을 하고 있는가. 소년의 주검이 오븐에 넣은 반죽처럼 부풀기 시작하는 것이다. 그때 소년은 마치 귀처럼, 예컨대 소용돌이치는 귓바퀴처럼 온갖 고깃덩이 세포들을 수렴하고 다시 내뱉으면서, 부패하면서, 비옥한 피톨들을 철철 뿜어내면서, 구토하면서, 기포를 분사하고 피고름으로 끓어오르며, 아우성으로 질펀해지며, 갈라진 크레바스 사이로 뿌리를 도려낸 혓바닥들이 벼랑을 등반하고, 낙반하고, 행복에 겨운 총어들이 총총 소리를 내며, 아무도 위로를 베풀지도 사랑의 꿀맛을 보여주지도 않았지만, 제한을 능가하면 사용에 붙들리고, 사용을 찢으면 노숙자가 되는 비루한 추체험들을 스무 배로 가속하듯이, 그러면 하나의 인체와 유기된 죽음의 결속된 잔해들이 산포되기 직전의 포자처럼 일제히 곤두서기 시작하며, 물질의 가이드라인이 허물어지고, 고깃덩이들이 점진적으로 뚱뚱해지고, 수압으로 팽팽해지며, 회전하는 발포기가 깨진 무정란들을 닦달하듯이, 분뇨를 닦은 휴지처럼 쓰레기통에 버려져 영면에 든 고아한 두뇌가 피폭된 채로 깨어나 기형의 물혹들을 덕지덕지 붙이고 밤거리를 떠돌아다니며, 중절모를 뒤집으면 뱀들이 타래로 넘실거리고, 소년의 주검 전체가 들썩거리는 액상 펄프의 모습으로, 혹은 훼손된 육체의 구불거리는 난맥상으로 변모하면서, 내 자유는 나로부터 얼마나 메스꺼운가?, 왜 거울은 아직도 나를 좆으로 표현하는가?, 왜 나는 지금보다 더 못생긴 것이 되고 싶은가?, 드럼통에 시멘트를 붓고 돌아서면 주검의 열기로 시멘트가 터져버린다던데, 악취의 밀도가 정점으로 상승하면 폐쇄된 송유관 밖으로 시신의 녹진한 점액이 끈적거리는 기름처럼 넘쳐난다던데, 등등의 의문은 소년의 몫이 아니고, 당황한 사무장이 소년이 있는 침상에 올라타 소년을 어떻게 해보려고, 잡스러운 소요로 웅성거리는 소년의 육체를 진정시키려는 것인데, 그 방법이란 외투 안주머니에서 당의 깃발을 꺼내 소년의 배꼽에 삽입하는 일로, 만약 그것에 실패한다면, 사무장이 소년을 억지하지 못하면, 이제 아무도 소년을 저지할 수 없게 되면, 그리하여 소년이 정말 "불능의 천사"가 된다면, 조금 이상하게 생긴 천사겠지만, 성경이나 휴거와는 무관한 천사겠지만, 그 천사는 과연 '단'의 심장이 될까, 아니면 '단'의 종양이 될까?

『목하의 세계』

유재영

유재영은 1981년 서울에서 태어났다. 2013년 《세계의 문학》 신인상으로 등단했다.

삽화 : 최우리

　나는 구역의 전선(電線) 관리자였고 이제 그 일을 하지 않는
다. 필요하지 않게 되었다. 관이 지정한 옛 다세대주택 1층에
서 목하와 함께 살고 있다. 입주민은 둘뿐이다. 곧 업무를 배정
받겠지만 아무래도 상관없다. 목하와 함께 사는 것만이 유일
하게 내가 원했던 일이다. 더 이상 무엇을 원해도 되는지 알 수
없는 곳이라서, 이것이 나의 종말이길 원했다. 나는 현상의 끝
에 있었고 하나의 종으로서 마지막 장면이 필요했다. 이곳에
서 그 순간을 목격하리라 믿었는데 목하는 그런 건 없을지도
모른다고 말했다. 그래서 나는 종말을 불러오는 대신 목하의
곁에 남았다.

다른 이들의 사정은 모른다. 그들은 무엇 때문에 삶을 택했나. 그들은 로커로써 존재했다. 나는 로커로써 그들을 짐작할 수 있었다. 로커까지는 걸어서 한 시간 남짓 걸렸다. 옛 관공서 강당을 개조한 배급소에 수천 개의 로커를 배열했다. 규모와 달리 배급소는 한산했고 관의 배급은 정기적으로 이루어졌다. 197번. 그 숫자가 목하와 나의 몫으로 부여된 번호였다. 매주 수요일 정오, 나는 카트를 끌고 배급소로 가서 197번 로커를 확인했다. 관리인은 입구에 놓인 책상에 앉아 겉면을 푸른색 가죽으로 싸 붙인 책을 읽었다. 그 앞에서 반쯤 녹아내린 촛불이 일렁였다. 페이지는 좀처럼 넘어가지 않았고 초의 길이는 일정했다. 197번 로커는 꼭대기 칸에 있었으므로 리프트를 작동해 그 안에서 물건을 빼냈다. 밀가루와 옥수숫가루 등 시기에 따라 다른 곡식을 빻은 가루와 물 그리고 소금이 로커 속 내용물의 전부였다. 빵을 굽기에는 충분했다.

나는 배급품을 꺼내고 나서 빈 로커에 캡슐을 넣었다. 캡슐에는 목하의 기억이 들어 있었다. 관은 한 번의 배급에 하루치 기억을 요구했다. 기억 적출 프로그램을 작동시키면 목하의 뇌에서 무작위로 하루치 기억이 빠져나왔다. 기억에 색이 있다면 투명한 캡슐 겉면에는 검고 붉은 색이 비칠 거라고 생각했다. 목하가 기억을 내밀면 관은 일주일 치 식량을 내주었다. 아니, 순서는 반대였지만 어쨌든 등가교환의 법칙이 작용했다. 관은 이 기억으로 무엇을 할까. 무엇을 알려고 하나. 이 구역 사람들의 기억은 어디로 모일까. 그렇게 해서 바뀌는 것은 무엇일까. 회복 가능성인가, 종말의 이미지인가. 몇 차례 물은 적이 있지만 유의미한 답변은 얻지 못했다. 로커를 빠져나올 때까지 관리인은 말이 없었다. 나처럼 중얼거리듯 질문을 던지지도 않았고 지나가듯 참견하는 법도 없었다.

관리인에 대해 파악한 정보를 목하와 함께 나눈 적이 있었다. 그에 따르면 관리인은 최신형의 감시용 안드로이드였다. 나와는 전혀 주파수가 맞지 않았다. 관리인이 읽는 책은 아주 오래된 것으로, 거기에는 오직 인간의 세계만이 적혀 있을 뿐이었다. 책에 담긴 이야기는 항상 인간으로 수렴했다. 그러니 관리인은 배급소를 찾는 인간들을 존중할 수 없었을 것이다. 관의 배급에 연명하는 에고이스트들. 딱 한 번 배급소에서 경보음이 울린 적이 있었는데 그때 관리인은 읽고 있던 책의 페이지를 넘겼고 이내 소리는 그쳤다. 이후 배급소는 더욱더 적막해져서 배급품을 카트에 넣는 일이 무척이나 조심스러웠던 기억이 있다.

나는 배급소를 나와 벽을 따라 걸었다. 목하가 기다리는 곳으로 향했다. 회백색 방호벽을 따라 휘어지는 길 위에서 이따금 빛나는 형체가 눈에 띄었다. 무언가를 감싸고 있던 비닐이나 얇은 유막처럼 보이기도 했는데 미풍에도 쉽사리 흩날려 더는 눈길을 두지 못했다. 곡선을 그리며 한 바닥씩 드러나는 길 위는 어김없이 잿빛이었다. 도중에 비가 내렸고 빗방울이 곳곳에 닿았다. 내려앉고 부서지고 흩어졌고 고랑을 따라 가지런히 모였다가 흘렀다. 나는 외투를 벗어 배급품 위에 씌우고 잰걸음으로 걷다가 몸을 발견했다. 아무것도 없다고 생각하던 장소라서 하마터면 발에 걸려 넘어질 뻔했다. 방호벽에 비스듬히 기대앉은 몸이 내 움직임에 따라 출렁였다. 이렇게 형태가 분명한 몸은 처음이라서, 나는 잠시 지켜보기로 했다. 희미하게나마 두 가지 색채를 구분할 수 있었다. 검은색과 붉은빛. 티끌로 떨어져나간 포자들이 공중으로 떠올랐다. 자장처럼 몸을 감싸고 있어 인체의 윤곽은 제법 분명했다. 곧 빗물에 섞여 내려앉기 시작했다.

목하가 기다리고 있었다. 지금쯤 화덕의 불을 지피고 반죽 도구도 꺼내놓았을 터였다. 더 이상 목하를 기다리게 할 수 없었다. 나는 카트를 밀기 시작했다. 이제는 구겨진 셀로판지처럼 주변을 난반사하면서 일렁이고 있는 몸을 빙 둘러 움직였다. 그때 낯선 느낌을 받았다. 계속 몸 위로 떨어져 내리던 빗방울의 느낌과 무엇이 다르냐면, 사실 잘 모르겠다. 고개를 숙여 카트 손잡이 쪽에 시선을 두었을 때, 팔목 언저리에서 일렁이던 포자들이 썰물처럼 빠져나갔다. 나는 거기서 의지라는 것을 보았고 그것이 나를 멈춰 세웠다.

나는 배급품을 카트 앞쪽에 모아 차곡차곡 쌓은 뒤 안쪽에 몸을 실었다. 몸은 이제 투명한 홀로그램처럼 결결이 들썩였다. 키는 나보다 한 뼘은 커 보였지만 한 손으로 들 수 있을 만큼 가벼웠다. 중량이 그토록 줄어든 연유는 알 수 없었다. 중력 때문인가. 나는 아무렇게나 짐작했다. 몸 위에 외투를 덮어주고 카트를 앞세워 걸었다. 발밑의 웅덩이를 보지 못해 신발이며 바짓단이 모두 젖고 말았지만 그런대로 별 탈 없이 집까지 왔다. 현관문을 밀고 들어가서 입구 한쪽에 카트를 세웠다. 배급품을 내려놓고 카트 안쪽을 더듬었다. 이쯤이었지, 짐작한 곳보다 밑에 있었고 그사이 몸은 더 휘발된 거 같았다. 앞치마를 두른 채 주방에 서 있던 목하가 속삭이듯 물었다. 그런 건 왜 가지고 온 거야. 덤덤한 말투였지만 신경이 쓰였다. 나는 몸을 카트에 앉혀두고 목하 쪽으로 돌아섰다.

"완전히 사라질 거 같아서." 나는 눈치를 봤지만 "마침 카트를 가지고 나갔잖아" 근거가 있었다.

목하는 물 얼룩이 진 앞치마에 손을 비벼 닦으며 내 쪽으로 다가왔다. 한동안 내가 주워온 몸을 유심히 보았다. 몸은 침묵했고 목하는 카트 아래 내려놓은 배급품을 들고 주방으로 들어갔다. 반죽을 치대는 소리가 들려왔다. 나는 몸이 든 카트를 벽면에 붙인 뒤 앞바퀴에 돌멩이 하나를 괴어두었다. 반죽을 숙성할 때 사용하는 돌 중 하나였다. 화덕 옆에서 몸을 녹이면서 맞은편 나무 도마 위를 살폈다. 목하의 손에서 머리통만 하고 매끈하고 말랑말랑한 데다 부드러운 미색의 반죽이 뭉쳐지고 있었다. 내가 좋아하는 형태였다. 좋아하는 걸 떠올리다보니 문득 잊은 것이 생각났다. 얼른 몸 앞으로 다가가 폴라로이드 카메라로 사진을 찍었다. 몸의 윤곽만이 출렁이는 무늬로 남았다. 목하에게 금방 다녀오겠다는 말을 남기고 몸을 주운 자리로 가서 사진을 붙여두었다. 짤막하게 글도 남겨놓았다. 방호벽에도 하나 붙였다. 누군가 찾는 사람이 있지 않을까 싶었다.

몸을 주워서 보관하고 있습니다. 찾고 계신 분은 여기에 메시지를 남겨주세요.

동이 틀 무렵 목하와 내가 가장 먼저 하는 일은 카트에 담긴 몸을 살피는 것이었는데, 몸은 점차 보이지 않게 되었고 조금씩 출렁이던 형체도 빛을 잃었다. 오랜만에 맞이한 손님이어서일까. 낮에 목하가 구워준 빵을 먹고 의자에 앉아 잠깐 졸다가 꿈에서 몸을 만났다. 나는 물속이나 공중에 떠 있는 느낌이라서 내내 기우뚱했다. 마지막 표정(그걸 표정이라고 할 수 있다면)을 지켜보고 있었고 그가 입술을 떼면서 윤곽이 흐릿한 혀가 드러났다. 그 혀가 내뱉은 말에 놀라 꿈에서 깨버리고 말았는데, 눈앞에서 목하가 걱정스러운 눈빛으로 날 내려다보고 있었다. 목하가 무척 선명해서 안심이 됐고 나는 목하의 허리에 얼굴을 묻었다.

이후로 휘발되는 몸을 지나칠 수 없게 되었다. 처음에는 가만히 경계하던 목하도 이내 주워온 몸을 함께 옮겨주었다. 집 안으로 들인 몸들은 따뜻한 곳에 눕혀두기도 하고 앉혀두기도 했다. 어떤 몸은 꼿꼿하게 서 있는 편을 택했다. 몸들은 먹지 않고 배설하지 않았다. 웬만해선 움직이지 않았고 입을 잃어버리거나 혀를 삼킨 것처럼 말도 없었다. 그저 조금씩 휘발될 뿐이었다. 간혹 몸들 사이에서 소리가 들릴 때도 있었다. 잠

꼬대처럼 의미를 알 수 없는 단어였는데, 굳이 말하자면 음소와 음소로 이루어진 낱낱의 소리였다. 목하와 나는 소리가 스스로 멎을 때까지 무작정 들어주었다.

*

　관의 공고를 본 것은 그 무렵이었다. 목하가 먼저 관의 네트워크에서 공고를 발견했다.

"오늘 올라온 건가 봐."

목하는 모니터 속 글자를 평소보다 크게 읽었다.

"신사업 주관을 민간에서 공모한대."

　휘발되는 몸을 원하는 이들에게 이양하는 사업, 이라고 목하는 덧붙였다. 나는 모니터 앞에서 목하와 함께 사업 내용을 읽어 내려갔다. '공모'라는 말머리 아래 놓인 사업 개요며 지원 자격, 양식을 살폈다. 몸은 휘발되면서 곧 시야에서 사라지게 마련이었고 그 몸을 붙들어 원하는 존재에게 이양한다는 계획이었다. 관은 그동안 수집한 자료를 통해 이양된 몸은 형태를 되찾게 된다는 통계를 발표했다. 임상 실험에 의한 입증, 이라는 문구가 굵직하게 화면 하단에 박혀 있었다. 알고 있었네, 다 알고 있었으면서. 내 입에서 흘러나온 최초의 소감. 그 뒤에는 인간의 몸을 원하는 이들이 누구일까, 생각했다. 그들이 누구든지 간에, 어떤 종이든지 간에 원한다면 기꺼이 몸을 이양하겠다고 관은 밝혔다. 휘발되는 몸을 붙잡아둘 시에 발생하는 공공의 가치와 경제적 절감 효과에 대해서도 언급했다. 나에게 목하가 소중하듯이 관에는 이 구역에서 살아갈 최소한의 구역민이 필요했다. 공고를 다 읽고 나서 목하와 나는 고개를 돌려 몸들을 바라보았다. 모두 다섯 개였다. 몸을 발견한 장소와 날짜를 포스트잇에 적어 붙여둔 덕분에 금방 셈할 수 있었다. 포스트잇은 목하의 아이디어였다.

목하와 나는 빵이 구워지기를 기다리면서 결정을 내렸다. 몸 이양 사업에 응모해보기로 했다. 어차피 업무를 배정받을 바에야 스스로 할 일을 정해보자, 생각했고 공들여 사업 계획서를 작성했다. 순서와 성격별로 카테고리를 세분화하고 주요 부분을 고딕과 볼드로 강조한 뒤 제출했다. 일주일 만에 허가가 났다. 사업을 승인한다는 간략한 문구와 함께 설치 기기와 매뉴얼이 전송될 거라고 안내했다. 그동안 몸을 세 개 더 주워와 따뜻한 곳에 눕혀두었다. 화덕 뒤쪽이라 뜨끈한 열이 머무는 곳이었는데 몸에 이로울지, 해로울지 고민했으나 일단 놔두었다. 마땅히 둘 곳도 없었다. 본격적으로 업무를 시작하기 전에 목하와 나는 잡동사니를 창고로 옮겼고 티끌을 문밖으로 쓸어냈다. 몸들을 이쪽에서 저쪽으로 몇 차례나 이동시켜야 했는데, 그때마다 조금씩 더 휘발되는 것 같아서 미안했다.

사업소의 이름도 필요했다. 집은 목하와 내가 머무는 곳이자 새로운 일을 도모할 공간이었으므로 이름을 붙이기로 했다. 계획서에는 사업장이 '공소'라는 이름으로 등장했는데,

진짜로 그 이름을 사용하기로 했다. 나는 의자를 밟고 서서 천장에 검은 래커로 '공소'라고 적었다. 목하가 붉은색 래커를 찾아와서는 그 옆에 한자를 함께 적어두었다. 공평할 공에 바소 자를 썼다. 왜 빌 공이 아니냐고 물었는데, 목하는 그런 단어는 처음 들어본다는 듯이 웃었다.

공소가 된 집에서 목하와 나는 창고로 쓰던 작은방을 침실로 삼았다. 그 방에서 서로 꼭 끌어안았다. 가지런하게 내뿜는 서로의 입김이 시차를 두고 창문에 달라붙었다가 사라졌다. 먼저 일어난 목하가 아무렇게나 벗어둔 옷가지를 정돈했다. 목하는 그 일을 좋아해서 겉옷과 속옷을 빠짐없이 개어 머리맡에 나란하게 쌓아두곤 했다. 정돈된 옷가지에는 조금 젖은 부분도 있었는데, 나는 그 냉기에서 간밤의 온기를 떠올렸다. 어둑한 곳에서 보면 목하의 몸에는 맹렬하게 빛나는 부분이 있었다. 언젠가부터 그런 게 생겼던 것이다. 나는 먼저 일어난 목하가 나직하게 내 이름을 불러주는 게 좋았다. 그 목소리만 남아 있다면 이곳에 영원히 붙박여 있어도 상관없다고 생각했고 언젠가 목하에게 그 말을 했나, 만약 하면 너무 자주 하게 되는 거 아닌가 염려하다 보니 한 번도 꺼내지 못했다. 내일은 꼭 해야겠다고 생각하다가도 막상 다음 날이 되면 주저하는 마음이 생겼다. 가끔 허전한 마음이 들 때 되새기는 일 중 하나이다.

*

관의 호출이 두 번 있었다. 첫 번째는 이양 작업에 사용될 기기와 물품을 가득 실은 차량과 함께 왔다. 화물차가 미리 설정된 목적지 정보에 따라 집 앞에 서자 모니터에 관의 메시지가 떠올랐다. 목하와 나는 낑낑거리며 집 안으로 내용물을 옮겼고 텅 빈 화물차가 벽을 끼고 사라져갈 때 손을 흔들어주었다. 몸을 수납할 선반과 틀을 만들 때 쓸 욕조, 철제 침대, 각종 약품과 관(管) 따위로 공소는 가득 차버렸다. 두 번째로는 붉은색 가죽으로 싸 붙인다면 로커만큼 두꺼워질 매뉴얼을 전달받았다. 다행히도 원하는 키워드를 입력하면 필요한 부분만 넘겨볼 수 있었다. 매뉴얼의 안내에 따라 기기들의 설정값을 조정하고 연결 상태를 점검했다. 나는 오랜만에 전선 뭉치를 이리저리 끌고 다녔다. 기분을 내보고 싶었던 것인데, 목하가 걸려 넘어질 뻔한 뒤로는 그만뒀다. 약품 취급 주의 페이지를 들여다보고 있는데 그 위로 관의 메시지가 떠올랐다.

이양 대상자는 관에서 심사를 거쳐 선별한 뒤 네트워크를 통해 안내할 예정입니다. 매뉴얼에 모든 것이 있습니다. 사용자 검색이나 질문 양태에 따라 계속해서 경우의 수를 양산해낼 것이므로 원하는 답이 없으면 시차를 두고 문의하시길 바랍니다. 최종 승인을 거치고 나면 대상자가 공소를 방문할 것입니다.

보름 후 정식으로 사업 승인이 났다. 네트워크에 접속하자 메시지가 전달되었다. 정식이라는 게 있기나 한지 의문이었지만, 관에서는 정식이며 최종이라고 단단히 이름을 붙였다. 목하와 나는 매뉴얼대로 사전 작업을 진행했다. 끈끈한 무취의 액체(매뉴얼은 'WA40'이라고 명명했는데 선반 두 칸이 이 약품이 든 유리병으로 가득했다)를 욕조에 부었고 육안으로 식별하기 힘들 만큼 투명해진 몸을 하나씩 담근 뒤 이동식 철제 침대에 눕혀두었다. 몸은 서툰 솜씨로 빚은 석고상처럼 울퉁불퉁하게 흰 형태를 입었다. 목하가 솜씨를 발휘해 표면을 매끈하게 다듬었다. 반죽을 치대거나 방망이로 두드리는 듯한 소리를 뒤로하고 나는 다음 과정을 준비했다. 이양 장치와 출력 장치에 각각 관을 연결하고 연결 부위를 점검했다. 이어 몸을 욕조에 앉힌 상태로 뒤통수에 주먹만 한 구멍을 뚫고 그곳으로 관을 연결했다. 처음 해보는 작업이었지만 기억 적출 과정과 비슷한 면이 있어서 금방 적응할 수 있었다. 긴 관이 뱀처럼 요동쳤고 허공에 뜬 한쪽에서 소리가 새어 나왔다. 몸들은 저마다 다른 음성을 뱉어냈으나 아무것도 알아들을 수 없었다. 관의 매뉴얼에는 이런 문장이 있었다.

메신저가 아니라 메시지에 주목하세요.

말을 마치고 나면 길게 한숨을 내뱉곤 했는데 그 속에 그의 코어가 깃들어 있는 것 같아서 한숨이 멎고 난 뒤 몸은 어딘가

애달파 보였다. 그 모습을 지켜보며 목하는 자신이 처음으로 목격한 코어에 대해 이야기해주었다.

목하는 보육원에서 태어났다. 시간이 흘러 목하가 그곳을 떠나야 할 무렵 원장이 먼저 보육원을 떠났다. 그가 향한 곳은 디그니타스 병원이었다. 그곳은 외부인에게 안락사를 허용한 병원으로, 원장은 오래전부터 그곳의 회원이자 마지막 환자 가운데 하나였다. 원장은 아이들에게 격렬한 감정을 품지 않았다. 사랑이나 미움보다는 규율과 법칙이 아이들을 더 오래 지탱하리리라 믿었다. 원생들 간에 물리적인 다툼이나 충돌이 발생하면 끼니를 굶기거나 문밖에서 밤을 지새우도록 조치했다. 모두를 안을 수 없다면 누구도 안아주지 않는 편이 합당하다고 믿었다. 그런 종류의 사고에는 기억력이 필수적이었다. 자신의 기억 체계에 심각한 내부 오류가 발생했다는 걸 깨달은 그는 주저하지 않았다. 원장은 목하보다 며칠 앞서 보육원을 떠났다. 그는 몇몇 원생들과 작별을 나누면서 입술을 달싹였다. 마지막 메시지라고 생각한 그 말은 낮은 한숨이었다. 그때의 한숨은 몹시 커서, 목하는 그 숨으로 원장의 코어가 빠져나가는 것을 보았다고 했다. 그래서 목하도 무척 쓸쓸한 기분이 되고 말았다는 것. 원장은 준비된 차에 올라 배기가스를 내뿜으며 사라졌고 그 모습을 지켜보던 몇몇이 눈을 비벼 댔다. 어스름이 깔린 저녁이었다. 목하는 하늘을 바라봤는데 희뿌연 대기에서 빵 냄새를 맡았다고 했다. 고소하고 뭉근하게 퍼지는 냄새가 삐걱거리는 침대에 누운 뒤에도 계속됐다.

그 직후 보육원을 나온 목하가 제 발로 찾아간 곳이 빵집이었다. 목하는 그곳에서 화덕을 돌보며 빵 굽는 일을 배웠다.

　그것이 내게는 목하에 대한 최초의 기억이 되었다.

*

　첫 번째 대상자가 왔다. 관에서는 방문 일시와 특이 사항에 관해서만 언급했다. 자동 번역 장치를 켜두고 대상자의 요구 사항을 청취할 것. 이양 직후 매뉴얼에 따라 적응 교육을 실시할 것. 그날 공소에서 목하와 내가 처음으로 맞이한 종은 고양이였다.

　이따금 마른 빵 부스러기와 물을 내주곤 했는데, 문득 그 고양이가 현관문을 앞발로 긁고 있다는 걸 알았다. 고동색 태비 무늬의 성묘였다. 목하와 나는 자동 번역 장치를 통해 신중하고 조심스럽게 대화를 이어갔다. 그는 공소가 어떤 일을 하는 곳인지 정확히 알고 있었다. 자신이 첫 번째 신청인이었다고 대수롭지 않은 듯 말했지만 눈빛에서는 자부심이 묻어 나왔다. 그는 이양 과정에서 물기 있는 것이 사용되는지 몇 번이나 확인했다. 목화와 나는 차근차근 과정을 나열했다. 뇌에 작은 구멍(되도록 '골'이나 '틈'이라는 단어를 사용했다)을 뚫고 그곳으로 관을 연결하기만 하면 된다. 일말의 고통을 느낄 새 없이 빠르고 간단하다. 액체는 한 방울도 사용되지 않는다는 점을 거듭 강조했다. 그는 설명을 들으면서 작게 진저리를 쳤지만 더이상은 묻지 않았다. 대신 엉덩이를 바닥에 붙이고 앉아 배와 사타구니 부위의 털을 손질했다. 그다음 화덕과 면한 벽 쪽으로 네 발을 공평하게 내뻗으며 걸어갔고 가장 뜨끈한 자리에서 식빵 굽는 자세를 취한 뒤에 앞발을 내밀어 긴 혀로 핥기 시작했다. 그는 서두르지 않았다. 정해진 동작을 말끔하게 마친 뒤에야 자신의 이야기를 들려주었다.

"고통에 대해서라면 걱정할 것 없습니다. 익숙하거든요. 너무 오래 산 탓입니다." 그는 잠시 숨을 고른 뒤 조금 더 빠르게 말을 이어나갔다. "인간 나이로 스무 살 무렵 나는 어딘가에 갇혀 누군가의 표적이 되었습니다. 긴 줄에 매달린 채 온몸을 난타당했지요. 한동안 몽둥이 같은 것을 휘두르던 인간이 그것을 내던지더니 자신의 팔과 다리를 내뻗었습니다. 인간의 온몸을, 고양이의 온몸으로 상대했습니다. 숨통이 죄어들고 뼈가 부러지고 꼬리에 불이 붙어 타들어가는데도 느낄 수 없었지요. 숨이 넘어갈 즈음 줄이 끊어졌습니다. 그대로 땅바닥에 떨어져 방치되었습니다. 까마득한 날들이 지나 그곳에서 빠져나올 수 있었지요. 인간들은 '사고'라고 부르지만 나에게는 절호의 기회가 된 셈입니다. 그 기억이 있으므로 인간을 혐오합니다. 지금에 와서는 별 소용없는 말이지만 이곳의 사정도 전적으로 인간 탓이니까요. 뭐, 책임을 따지자는 건 아닙니다. 그래도 한번은 사실관계를 짚고 넘어가야 한다고 생각했습니다. 그러니 내가 인간이 되려는 건…… 왜일까요. 아마도 고양이란 종으로서의 변덕도 작용했겠지만." 이 대목에서 그는 몸을 일으킨 뒤 목하와 내가 앉아 있는 의자로 다가왔다. 그는 양쪽 다리에 번갈아 몸통을 비비고 원래 자리로 돌아갔다. 그러고는 호흡을 가다듬을 요량인지 앞발을 얼마간 핥은 뒤에 눈을 가늘게 떴다. 그사이 조금 귀찮아진 듯한 표정으로 입을 열었다. "휘발하는 인간을 보았기 때문입니다. 얼마 전으로 기억되지만 수년 전일지도 모릅니다. 빵 부스러기를 가지고 나와 개천가에 자리 잡은 종들에게 나누어주던 작자였습니다. 나와 비슷한 연배로 보였는데 마디가 툭 튀어나온 손을 내뻗어 내 몸을 쓸어내리려 하기에 정신이 번쩍 나도록 손등을 긁어준 적이 있습니다. 그 뒤에도 포기하지 않고 시도해서 나중에는 몇 번 못 본 척하기도 했는데…… 늙어가는 것의 애달픔은 피차 마찬가지였으니까요. 그자는 밤마다 자루를 끌고 나와 그릇에 빵 부스러기를 부어준 뒤 먹이를 먹는 내 몸을 쓸어내리다 가곤 했죠. 그즈음 개천가에서 빵 부스러기를 받아먹는 건 나뿐이었고 양도 확연히 줄고 있었습니다. 휘발이 시작된 건 그런 밤이었지요." 나는 목하가 구운 빵을 권했지만 그는 정중히 사양했다. 대신 물을 한잔 청한 뒤 선홍빛 혓바닥으로 네댓 번 핥아내고 다시 입을 열었다. "한밤중에 일어난 일이라서 다음 날 동이 틀 무렵에는 윤곽만 희미했습니다. 나로 말할 것 같으면 낮에는 맥을 출 수 없어서 한동안 잠을 청했지요. 초저녁에 그 자리로 가보니 몸은 보이지 않았습니다. 두 가지 흔적만 남아 있었죠." 그가 뜸을 들이듯 목하와 나를 번갈아 보더니 수염 끝을 파르르 떨었다. "자루와 사기그릇이었습니다. 그마저 없었다면 그 일도 기억에서 곧 지워졌겠지요. 내 마지막 기억인 셈입니다."

목하와 나는 그를 몸이 보관된 선반으로 안내했다. 그는 몸들을 하나하나 살피고 몇 가지 질문을 던지더니 단신에 비쩍 마른 몸을 골랐다. 나는 그의 뇌에 관을 연결하고 초기화를 진행했다. 1부터 100까지 불규칙한 간격으로 기억이 이양되면서 경보음이 울렸다. 목하가 빵을 찔러보는 작대로 흰 표면을 두드려 깼다. 티끌 속에서 백발의 노인이 눈을 떴다. 목화와 나는 그를 양쪽에서 일으켜 침대에 앉힌 상태로 적응 교육을 실시했다. 꽤 오랫동안 경청한 뒤 노인은 엷은 미소를 띤 채 자리에서 일어났다. 그가 먼저 손을 내밀었다. 그것을 맞잡자 노인은 능숙하게 위아래로 움직였다. 이제 떼려는데, 가만히 내 손을 들여다보던 그가 길게 혀를 내밀었다. 그리고 유난히 붉은 혀로 내 손등을 핥았다. 까끌까끌하고 축축했다. 노인이 떠난 뒤에도 공소에서는 한동안 작게 그르렁대는 소리가 맴돌았다.

　두 번째 대상자는 개였다. 한쪽 다리를 저는 그의 이름은 토마스로, 그의 조상은 방호벽을 쌓아 올린 인부를 따라 이곳에 당도했다. 공사 현장에서 주인이 추락사하자 떠돌이가 된 토마스의 조상은 방호벽의 균열을 통해 탈주를 꾀하다가 관에 적발되었다. 그즈음 방호벽 인근에서 낯선 바이러스가 검출됐다는 소식이 전해졌다. 대대적인 살처분 작업이 계속됐다. "이곳에 남은 우리 종은 모두 한 핏줄인 셈입니다. 살아남은 수컷은 내 조상이 유일했거든요." 기어코 살아남은 그의 조상이 부락을 이끌며 살아왔던 것이다. "이곳을 찾은 이유는 물론 소문을 들어서였지만, 나의 조상이 그러했듯이 방호벽 너머에 가볼 수 있지 않을까, 인간의 몸이라면 가능하지 않을까, 하는 평소의 바람이 작용했던 것입니다." 토마스는 거기까지 말하고 난 뒤 컹컹 짖었는데, 그 소리는 번역되지 않았다. 그는 화덕 한편에 작게 영역 표시를 한 뒤 말을 이어나갔다. "저 벽을 뛰어넘고 싶다는 의지. 그 의지 하나만으로 나는 여기까지 온 것이라고 해야겠습니다. 벽 너머로 가볼 수 없다면, 벽을 뛰어넘을 수 없다면, 그건 살아 있다고 말할 수도 없는 처지 아니 겠습니까." 그는 자신이 지금껏 살아남을 수 있었던 데는 단언 컨대 그러한 의지가 작용했다고 강조했다. 몰아치듯 웅변한 뒤 기침하듯 짖는 그를 두고 목하는 방호벽 너머로 보낼 수 있 는 건 인간으로서도 단지 소량의 기억일 뿐이라고 말했는데 그는 이해할 수 없다는 반응이었다. "그렇다면 항변하겠습니 다. 인간으로서의 권리를 주장해야지요. 이쪽에서 저쪽으로, 저쪽에서 이쪽으로 이동할 권리 말입니다. 그런 걸 자유라고 하나요. 아니면 평등이라고 합니까. 인간에게는 그런 게 있지 않습니까?" 금방이라도 뛰어오를 듯 낮게 으르렁거리던 토마 스는 별안간 머리를 살짝 들어 올린 다음 윤이 나는 코를 벌름 거리며 말했다. "그런데 당최 이건 무슨 냄새랍니까?" 그는 다 소 순해진 낯빛으로 혓바닥을 빼물며 숨을 몰아쉬었다.

토마스는 갓 구운 빵을 남김없이 먹은 뒤 혀로 입 주변을 말 끔히 정리했다. "시작해볼까요?" 그 말을 뱉어낼 때 토마스의 꼬리는 쉴 새 없이 흔들렸다. 그는 중키에 다부진 청년의 몸을 골랐으며 적응 교육이 실시되는 와중에도 거실 벽에 걸린 거 울만 뚫어져라 쳐다보다가 목하와 나의 말이 끝나기가 무섭 게 문밖으로 뛰쳐나갔다. 그 뒤로도 이따금 공소를 방문해 인 간으로서의 삶에 대해 한껏 떠든 후(그다지 잘 풀리지 않는 듯했 다) 목하가 구운 빵을 단숨에 먹어치우고 그릇까지 핥았다. 어 쩐 일인지 그가 다녀가고 나면 화덕 오른편 벽면이 젖어 있곤 했다.

　그날 아침 그 커다란 황소를 맞이했을 때, 목하와 나는 잠시 당황했지만 곧 그를 안으로 들이기 위해 벽체를 허물기 시작했다. 그는 깊고 큰 눈망울로 안쪽을 주시하며 지긋이 기다려 주었다. 그가 들어올 만한 공간을 확보한 뒤 자동 번역 장치에 귀를 기울였지만 아무런 소리도 들리지 않았다. 그는 문밖에서 무언가 천천히 되새김질하며 허문 벽체를 응시했다. 목하와 나는 그의 결정을 기다리며 공소 내부를 정리했다. 순간 꽝음에 놀라 고개를 들었더니 그가 벽체 안쪽으로 발 한 짝을 들여놓은 채 서 있었다. 바로 앞에서 완전히 박살 난 테이블이 나뒹굴었다. "미안합니다. 제 불찰입니다. 그저 조용히 들어서려고 했건만 실례를 저질렀군요." 그는 차분하지만 떨리는 음성으로 말했다. 나는 테이블의 잔해를 구석으로 밀치고 거실 중앙에 공간을 마련했다. 그는 나머지 세 발을 하나씩 안으로 들였다. 마침내 거실에 다다른 그가 빈 공간에 주저앉았다. 한동안 뽀얀 먼지에 싸인 채 주변을 찬찬히 둘러본 뒤 입을 열었다.

"좋은 거처로군요. 제가 살던 곳을 떠올리게 합니다." 그는 다시 입을 다물고 생각에 잠겼다. 목하와 나는 대상자의 말에 귀기울이자는 입장이었지만 이대로라면 오늘 안으로 작업이 불가능할 것 같다는 판단에 따라 대화를 주도했다. 그는 함께 살던 인간에 대해 회고했다. "그분은 산 중턱에서 이곳의 경관을 내려다보곤 했지요. 지상에서 어쩌다 움직임을 발견하기라도 하면 무척 반가워했지만 식량을 구할 때 말고는 산을 내려가는 일이 드물었습니다. 밤이면 여기저기서 반짝이는 빛을 나란히 지켜봤습니다. 아무리 오래 보아도 질리지 않는 풍경이었지요." 점점 산을 내려가는 빈도가 줄던 인간은 마침내 휘발하기 시작했다. 그는 곁에서 그 과정을 빠짐없이 지켜봤다고 했다. "하나쯤 지켜보는 이가 있으면 덜 외로울 거라고 생각했습니다. 아직도 그 생각이 올바른 것이었는지 잘 모르겠습니다. 그렇다고 믿을 뿐이지요. 제 등 언저리를 쓰다듬던 손에서 점점 무게가 느껴지지 않더니 마침내 그분이 물결치기 시작했습니다. 참 아름답지 않으냐고 동의를 구하던 목소리가 귓가에 울리는 것 같았지요. 완전히 보이지 않게 될 때까지 곁을 지켰습니다. 그분은 어디로 간 것일까요?" 목화와 나는 대답할 말이 없어서, 서둘러 그를 선반으로 안내했다. 안으로 들이기 위해 다시 문을 허물어야 하나 고민하는데 그가 정중히 사양하더니 고개를 최대한 문틈으로 들이밀었다. 커다란 눈망울에 각각의 몸이 또렷하게 비쳤고 마지막으로 그 눈망울에 내가 비치고 나서야 그가 찾는 인간은 여기 없다는 걸 알았다.

그는 우리에게 선택을 맡겼고 목화와 나는 상의 끝에 호리호리한 수도승의 몸을 골라주었다. 이양 직후 그는 한동안 생각에 잠겨 있다가 목화와 나에게 묵례했다. 그리고 허물어진 벽체 쪽으로 이동해 돌을 쌓기 시작했다. 그날 밤, 벽면을 온전히 복구하고 나서 그는 공소를 떠났다.

이후로도 다양한 종들이 공소를 찾았다. 고라니와 토끼, 닭도 있었지만 단골은 단연 개와 고양이였다. 얼마나 많은 개와 고양이가 이곳에 남았는지, 목하와 나는 처음으로 인식하기 시작했다. 갑각류와 파충류도 몇 차례 방문했으나 관의 테크놀로지는 거기까지 미치지 못했다. 커뮤니케이션 수단이 부재하여 소통이 어려웠고 목하와 내가 곤란하다는 의사 표시를 여러 번 했음에도 불구하고 그들은 몇 시간이고 공소의 바닥과 벽면, 천장을 종횡무진으로 휩쓸며 다니곤 했다. 화덕 근처를 지나던 집게벌레는 열기에 놀라 심술이 났는지 꽁무니에 달린 집게를 들어 올린 채 반죽을 빚던 목하에게 맹렬히 달려들기도 했다. 살상 의지라기보다는 아쉬움의 표현이라고 생각해 가만있으면 어느 순간 문틈을 향해 조용히 움직였다.

신청인은 공기 중에 섞여들기도 했다. 한번은 연기의 형태로 방문했는데 하마터면 화덕 안으로 빨려들 뻔한 그를 구해 낸 건 목하였다. 목하는 어딘가 남다른(나로서는 그 차이를 알 수 없었지만) 그를 화덕에서 끄집어냈다. 그는 옅은 회색이었다. 기억이 즉각적으로 날아가버려서 자신이 원혼인지, 원령인지 혹은 어디선가 배출된 가스에 지나지 않는지 알지 못했다. 번역 장치를 통한 교신도 곧 끊겨버렸다. 시작을 알지 못한다는 점에서 인간과 같다고 생각했으나 그 생각을 입 밖에 내진 않았다. 물성의 측면에서 보자면 너무나 다른 처지였기 때문이다. 목하와 나는 그를 '무명'이라 부르기로 했다. 그는 땅에서 떠 있었지만 동시에 억류된 존재였고 울고 있었지만 곧 공소를 방문한 이유를 잊었다. 무명은 공소에서 가장 큰 거한의 몸으로 이양되었다. 몸 없는 세월을 만회해주고 싶었다. 그 외에도 이름을 알 수 없는 종들이 공소 주위를 기웃거렸으나 그들은 구경꾼에 지나지 않았다.

*

　관에서는 몸을 이양받은 이들에게 로커를 부여했고 그들의 호칭을 이주민으로 통일했다. 이주민들은 세 개의 캡슐을 내주고 일주일 치 식량을 배급받을 수 있었는데 그마저도 지극히 소량이어서 연유를 물었더니 로커 관리인은 페이지를 넘기는 방식으로 그들을 몰아냈다고 토마스에게 전해 들었다.

"우리 종의 기억이 인간의 그것에 미치지 못한다는 겁니까?"
격앙된 토마스의 물음에 목하와 나는 아무 말도 하지 못했다. 그럼에도 불구하고 공소는 성업했다. 나는 거리에서 휘발되는 몸들을 부지런히 공소로 가져왔다. 일단 인식하고 나니 방호벽을 따라 몸의 흔적이 빼곡했다. 완전히 사라진 뒤에라도 흔적만 잘 좇으면 몸을 발견할 수 있었다. 하루는 주워 올린 몸 아래에서 예전에 붙여두었던 폴라로이드 사진과 메모를 발견했다. 사진의 이미지는 모두 날아가서 흰 면지뿐이었고 메모의 글씨는 온통 번져 알아볼 수 없었다. 나는 그것들을 공소로 가져와 화덕 안에 밀어 넣었다. 이양 업무를 수행하게 된 이후로는 캡슐 없이도 종전보다 많은 양의 배급품을 제공받았다. 더 많은 빵을 구울 수 있었다. 이양 직후 이주민과 첫 식사를 함께하는 것이 목하와 나 사이에서 암묵적인 의식이 되었다.

이주민의 수가 늘수록 거리에는 새로운 바람이 불었다. 줄어든 만큼 늘어난 몸들이 거리 곳곳에 삼삼오오 모여 있는 모습을 발견할 수 있었다. 그들의 사정이 궁금했지만 토마스의 발길이 끊긴 뒤로는 알 길이 없었다. 암묵적으로 목하와 나는 관의 집행인이었던 것이다. 저 로커의 관리인과 얼마나 다른지 나조차 알 수 없었다. 그러던 차에 반가운 손님이 공소를 방문했다. 까끌까끌한 혀의 감촉을 남기고 떠난 첫 번째 이주민이었다. 목하와 나는 더없이 기쁘게 인사를 건넸지만 그는 다소 우울해 보였다. 인간의 몸이었으므로 번역기가 작동되지 않았는데도 대번에 알 수 있었다. 그는 그간의 사정을 묻는 말들에 간간이 답하며 가지런히 두 손을 모아 턱 밑에 받치고 창밖을 응시했다. 목하는 열기가 남은 화덕에서 아침에 구워놓은 빵을 꺼내와 그에게 건넸다. 그는 예전과 달리 사양하지 않았고 미처 권하기도 전에 허겁지겁 빵을 집어삼켰다. 다소 여유를 되찾은 그에게서 그간의 사정에 관해 들을 수 있었다.

"관의 처사는 냉혹한 생태계의 법칙보다 더 비윤리적이고 강압적이었습니다. 이를 통해 저는 과거 타자를 인정하지 아니하고 고양이화하던 사유 방식을 뉘우치게 되었습니다만." 여기까지 말한 뒤 그는 눈을 가늘게 뜨고 고단한 삶을 떠올린 듯 미간을 찡그렸다. 이어 인간계 이주민으로서 불공정한 삶을 어떻게 견디고 있는지 설명했는데, 오랜만에 배불리 먹은 탓으로 노곤한지 짧게 하품을 하고 느릿느릿 말을 이어나갔다. "최초의 제안자는 토마스였습니다. 그는 인간으로서의 자유나 평등은 물론, 이제 막 인간의 몸을 가진 자로서 여타의 종을 위해 목소리를 내야 한다고 강변했습니다. 그의 발언에 동조한 이들을 중심으로 이주민 연대가 조직되었고 한때나마 동족의 고통과 죽음을 체험하고 전승해온 바에 따라 해방을 위해 싸워야 한다는 결론에 도달했던 것입니다." 나는 토마스의 격앙된 음성을 떠올렸다. 그는 몇 달째 공소는 물론, 거리에도 모습을 드러내지 않았다. 어떻게 된 일일까. "관의 강압이 그를 덮쳤으리라 짐작하고 있습니다. 그의 의지를 이어나가기 위해서라도 이주민 연대는 끝까지 싸우리라 다짐했습니다. 다음 보름날 밤 행동을 개시할 예정입니다. 두 갈래로 나뉘어 로커를 장악하고 방호벽을 허물 것입니다." 그의 음성이 점점 격앙되더니 토마스와 비슷한 어조를 띠었다. 잠시 숨을 몰아쉰 그는 혀를 내밀어 손등을 핥았다. "태풍이 몰아칠 겁니다. 어쩌면 공소도 무사할 수 없을 테지요. 보은을 중시하는 종으로 살아온 탓에 이곳을 예사로 지나칠 순 없었습니다. 부디 몸조심하시길 바랍니다."

그가 떠난 뒤 목하와 나는 일찌감치 공소를 닫았다. 불이 꺼진 지 한참인 화덕 앞에 나란히 앉았다. 싸늘한 냉기가 전해졌다. 목하는 고개를 숙인 채 꼼짝도 하지 않았다. 무슨 말이든 꺼내주길 기다렸지만 한동안 말이 없었다. 어떻게 할까. 드디어 목하의 입에서 마른 목소리가 새어 나왔다.

"관에 알려야지." 나는 눈치를 봤지만 "이양 업무를 계속해야 하잖아" 근거가 있었다.

목하의 눈빛이 흔들렸다. 어쩐지 책망하는 듯한 분위기라, 나는 입을 다물었다. 인간 종으로서 나도 참여할 거야. 너는 네 맘대로 해. 말을 마친 목하가 내게서 몸을 돌렸다. 돌아선 등이 너무나 싸늘해서, 나는 얼른 그 등을 안았다. 귀에 대고 네가 간다면 나도 갈 것이고, 네가 한다면 나도 따라 할 것이라고 속삭였다.

그날 밤 목하와 나는 작은방에서 맨몸으로 껴안았다. 그간 공소에 다녀간 이들을 떠올렸다. 그들이 어떤 표정으로 이곳에 들어섰는지, 이양 직전 어떤 표정을 지었는지, 인간의 몸이 되어 처음으로 어떤 말을 했는지를 두고 소곤거렸다. 주로 목하가 말하고 나는 귀 기울였다. 대화 도중에 뭉근한 빵 냄새를 맡았는데 이 말을 목하에게 해야 할지, 만약 하게 된다면 얘기가 끊어지지 않을지 염려되어 하지 못했다. 후회하는 일 중 하나이다. 동틀 무렵 나는 꿈에서 깨어났다. 머리맡에서 옷가지를 개고 있던 목하가 땀에 젖은 내 머리카락을 쓸어주었다. 나직하게 내 이름을 부를 때마다 목하의 입에서 흰 입김이 번졌다. 반짝이는 빛 무리가 아래로 쏟아져 내렸다.

보름밤, 목하와 나는 방호벽을 노리는 대열에 합류했다. 나는 자꾸만 앞쪽으로 나아가려는 목하를 잡아끌고 뒤쪽으로 빠졌다. 성난 이주민의 대열에 돼지와 청설모, 작은 벌레들도 합세했다. 다양한 종들이 뒤섞여 방호벽으로 향했다. 종의 세계를 구하라. 구호는 간결했고 외침은 세찼다. 그 기세로 모든 종들이 힘을 모아 벽을 밀기 시작했다. 부딪혀오는 것들을 튕겨낼 만큼 단단하던 벽이 조금씩 휘었다. 여기저기서 함성과 절규가 터져 나왔다. 마지막 단말마와 함께 벽 윗부분이 먼저 뜯겨나갔다. 꽝음이 울리며 건너편으로 넘어가기 시작했다. 그 틈으로 빛이 새어들었다. 눈도 뜰 수 없을 만큼 강렬한 흰빛이었다. 어둠에 익숙해 있던 이들이 주춤하는 사이, 일이 벌어졌다. 나는 얼른 목하의 몸을 감싼 채 뒤돌아섰다. 재빨리 목하의 눈을 가렸다. 그리고 고개를 돌려보니 앞쪽에서 벽을 밀던 이들이 순식간에 휘발되고 있었다. 한꺼번에 휘발된 몸들이 오로라를 이루며 반짝이다가 사라졌다.

불과 몇 줄 앞에서 수백 명이 한꺼번에 사라지는 모습을 넋

놓고 바라보다가 나는 정신을 차렸다. 목하를 안고 뒤쪽으로 빠지려는데, 굉음과 함께 새어들던 빛이 줄어들기 시작했다. 건너편으로 반쯤 넘어갔던 벽이 다시 세워지고 있었다. 완전히 서기 전, 그 틈새로 익숙한 것을 발견했다. 리프트였다. 규칙적인 소음을 동반한 리프트가 방호벽을 바로 세우고 있었다. 얼마 뒤 격렬한 진동과 함께 벽이 눌렸다. 벌어졌던 틈이 꽉 다물렸다. 그 뒤로는 침묵뿐이었다.

*

공소는 문을 닫았다. 때때로 찾는 이들이 있었으나 그들에게 줄 수 있는 건 빵 한 조각이 전부였다. 그 밤 집으로 돌아와 보니 이양 기기와 물품은 모두 관에서 회수해간 뒤였다. 다시 목하의 기억을 내주고 배급품을 받아와야 했다. 배급소는 여전했고 관리인 역시 독서에 집중할 뿐이었다. 한 차례 경보음이 울리고 책의 페이지가 넘어갔으리라 짐작했다. 다만 관이 요구하는 캡슐은 한 개에서 네 개로 늘었다. 한 번의 배급을 위해 나흘 치 기억을 내주어야 했다. 관은 어째서 규칙을 흔들어놓는가. 그렇게 해서 얻고자 하는 것은 무엇일까. 징벌적 효과인가, 엄벌의 전시인가. 몇 차례 물었지만 대답을 듣기도 전에 서둘러 집으로 돌아와야 했다.

목하가 기다리고 있었다. 카트를 밀고 들어온 뒤 곧장 작은 방으로 향했다. 목하는 줄곧 잠들어 있었다. 그 무렵 좀처럼 자리에서 일어나지 못했다. 나는 목하를 흉내 내 반죽을 치댔다. 화덕에서 꺼낸 빵을 들고 방으로 들어가 머리맡에 두었다. 목하의 맞은편에 누웠다. 내가 살포시 안으면 목하는 천천히 눈을 떴다. 왔어. 잠이 묻어난 목소리. 목하는 누운 채로 내가 구워온 빵을 먹으며 이야기를 시작했다. 보육원에서의 생활과 그곳을 떠나던 날 풍경, 처음으로 찾은 빵집과 그곳에서 일하게 된 과정, 나를 만나기 직전의 상황. 목하는 옷가지를 개어놓듯이 순서대로 기억을 나누었다. 그러다가 힘이 빠져 도중에 잠들어버리곤 했다. 나도 목하를 껴안고 잠들었다. 새벽녘 목하의 몸에서 알 수 없는 소리가 새어 나왔다.

휘발이 시작되고 있었다. 잠든 목하의 몸에서 반짝이는 별무리가 흘렀다. 조금씩 형태를 잃어가는 몸을 껴안고 나는 목하의 기억에 귀 기울였다. 반죽이 잘됐을 때 나는 소리. 화덕의 열기가 창밖으로 밀려나가는 광경. 듣는 이가 없는 혼잣말. 음소로 이루어진 소리에 귀 기울이다가 이제껏 목하에게 하지 못한 이야기를 털어놓았다. 언젠가 사람들에게 나쁘게 굴었던 일에 대해 이야기했고 누군가를 죽였다고 고백했다. 괜찮아. 네 의지가 아니었잖아. 목하가 다독여주었다. 나는 목하의 방식대로 빵을 굽고 목하의 순서대로 옷을 갠 뒤 목하를 안고 잠들었다. 목하를 안았다고 생각했는데 깨어나보면 혼자였다.

종말이 있다고 믿은 적 있다. 계속된 일이나 현상의 맨 끝으로서의 종말. 나는 현상의 끝에 있었고 하나의 종으로서 마지막 장면이 필요했다. 이곳에서 그 순간을 목격하리라 믿었다. 목하는 그런 건 없을지도 모른다고 말했다. 그래서 나는 이곳에 남았고 끝내 남아서 떠올린다. 이 순환이 왜 반복되고 있는지, 언제까지 계속될지, 이쯤에서 끝나야 하는 게 아닌지, 그렇다면 끝이라는 건 무엇인지, 시작은 있었나, 시작도 모르면서 끝을 함부로 떠올릴 수 있나, 해도 되나, 그런 생각을 한다. 왜 아직도 여기 남아 있지. 왜 이곳에서 말하고 있지. 왜 저곳이 아니라 이곳인가. 왜 과거나 미래가 아니라 지금인가. 그런 의문을 일으킨 다음 매만지다가 내려놓으면 유일하게 목하가 있었다. 목하는 언제나 그 자리에 있다. 나는 목하와 함께 공소를 운영했고 이제 그 일을 하지 않는다. 다만 이곳에서 이 몸으로 목하의 기억을 떠올린다. 언제까지고 중얼거리면서. 여기는 벽의 안쪽, 목하의 세계니까.

『가방소녀』

이진하

이진하는 1988년 경기 광명에서 태어났다. 2011년 대산대학문학상과 2012년 〈동아일보〉 신춘문예로 등단했다. 지은 책으로 『포롱의 즐거운 정원』, 『작은 새의 친구 찾기』, 『어리석은 치치』, 『다람쥐의 보은』, 『호랑이를 뺀 아이』, 『지팡이가 만든 발리 해협』, 『외계인 전학생 마리』가 있다.

가방 속에서 사는 여자아이가 있었습니다. 아주 커다란 여행 가방 속에서 말이에요. 아무도 그 아이의 이름은 알지 못했어요. 엄마인 미라 씨가 언제나 '아가'라고만 불렀거든요. 그 아이가 열세 살이 될 때까지도 말이에요. 그래서 사람들은 모두 그 아이를 '가방소녀'라고 불렀습니다.

가방소녀가 처음부터 가방 속에서 살았던 것은 아니에요. 여느 아이들처럼 평범하게 병원에서 태어났답니다. 빨갛고 쭈글쭈글한 채로요. 미라 씨는 갓 태어난 아이를 차마 품에 꼭 안아보지도 못했어요. 그토록 작고 사랑스러운 것을 전에는 단 한 번도 본 적이 없었거든요. 미라 씨는 가방소녀를 곱고 보드라운 천에 조심스럽게 감싸 안고 병원을 나섰어요. 집으로 돌아오는 길에 몇 번이나 놀랐는지 몰라요. 세상 모든 것이 너무나도 위험하게만 보였던 거예요.

'저 사람이 들고 있는 우산으로 우리 아가의 눈을 찌르면 어쩌지? 갑자기 번개가 내리꽂히면? 그나저나 저 자동차는 왜 이렇게 빨리 달리는 거야?'

집으로 돌아오자마자 미라 씨는 장롱 속에서 오래된 여행 가방을 꺼냈습니다. 미라 씨가 엄마에게 물려받은 것이었지요. 가방은 새빨간 색이었고 튼튼한 바퀴와 손잡이가 달려 있었어요. 그리고 어른이 들어가 웅크릴 수 있을 만큼 컸답니다. 미라 씨는 가방 안에 자신의 소중한 아이를 눕혔어요. 엄마의 품에서 떨어진 가방소녀는 목이 쉬도록 울었지만 미라 씨는 그제야 안심이 되었습니다.

미라 씨는 가방소녀를 위한 것이라면 뭐든지 했어요. 매일 새로운 장난감을 가방 안에 넣어주었고 동화책도 하루에 스무 권씩 읽어주었지요. 저녁이면 가방을 끌어안고 나지막한 목소리로 자장가를 불러주었어요. 가방소녀가 잠들 때까지 몇 번이고 말이에요. 가끔은 이런 이야기를 해주었습니다.

"엄마 몸속에 네가 지내던 가방이 있단다. 그만큼 안전하지는 않겠지만 이 가방도 아주 튼튼해. 너를 지켜줄 거야. 네가 어른이 될 때까지 말이야."

가방소녀는 그 안에서 아주 편하게 지냈어요. 엄마를 부를 필요도 없었지요. 가방소녀가 찾기도 전에 늘 엄마가 먼저 나타나 필요한 것을 다 해주었거든요. 가방소녀가 하는 일이라

고는 하루 종일 자그마한 인형으로 인형 놀이를 하는 것뿐이
었어요. 비가 와도 신문지를 쓰고 달릴 필요가 없었고 눈이 온
다고 장갑을 낄 필요도 없었지요. 그러니까 날씨 같은 건 조금
도 알 필요가 없었던 셈이에요. 심지어 걷지도 않았다니까요!
튼튼하고 커다란 가방이 대신 돌돌 소리를 내며 달려주었으
니까요. 가방소녀는 밥도 가방 속에서 먹고, 잠도 가방 속에서
잤어요. 가방 문이 열릴 때마다 온갖 맛있는 음식들이 머리 위
에서 쏟아져 내렸어요. 더러운 것들은 금방 사라졌지요.

　가방소녀가 자라 학교에 갈 나이가 되자, 미라 씨는 가방을
끌고 학교에 갔습니다. 하지만 가방소녀를 낯설고 위험한 교
실에 도저히 혼자 두고 떠날 수가 없었어요. 그래서 가방소녀
대신 책상에 앉아 수업을 듣고 필기를 했지요. 체육 시간에는
뜀틀도 대신 넘었답니다. 지각을 해서 선생님에게 혼나야 할
때는 이렇게 빌었어요.

　"지각한 것은 제 잘못이에요. 게다가 우리 아가는 너무 약해
서 손을 들고 벌을 서는 일 같은 건 할 수 없어요. 저를 대신 혼
내주세요."

　가방소녀는 자신을 위해 무엇이든 다 하는 엄마가 너무나
도 고마웠어요. 하지만 시간이 지날수록 이따금 가방 밖 세상
이 궁금해졌지요. 가방 밖에서 아이들의 웃음소리가 자꾸 들
려오는 것이 이상했거든요. 미라 씨는 그런 가방소녀가 늘 걱
정이었어요.

　"너는 왜 벌써부터 그렇게 궁금한 게 많은 거니? 이 엄마가

먹을 것도 주고 공부도 시켜주고 늘 편하게 해주잖니. 가방 속 생활이 불만족스럽기라도 한 거니? 엄마는 정말 슬프구나."

"아니에요. 정말 그런 게 아니에요."

미라 씨는 한숨을 푹 쉬고 나서 말했어요.

"그래. 너도 이제는 세상이 궁금해질 나이가 되었구나. 사춘기가 오면 아이들은 세상을 직접 보고 싶어 하지. 징그러운 일이야. 하지만 이런 게 성장이라면 어쩔 수 없지."

미라 씨는 송곳을 꺼내 가방 옆면을 푹 찔렀어요. 그곳에 작고 동그란 구멍 하나가 생겼지요.

"자, 앞으로는 이 구멍을 통해 세상을 보렴. 하지만 너무 자주 들여다보지는 않았으면 좋겠구나."

가방소녀가 가방 밖을 궁금해하는 만큼 다른 아이들도 가방 속이 궁금하기는 마찬가지였어요. 미라 씨가 자리를 비울 때면 아이들은 몰래 다가와 가방에 똑똑 노크했습니다.

"거기서 뭐 하니? 나와서 놀자."

가방소녀는 구멍에 눈을 바짝 댔어요. 아이들의 무릎이 온통 상처투성이였지요. 어떤 아이는 알록달록한 반창고까지 붙이고 있었어요.

"넘어져서 다치면 어떻게 해."

가방소녀는 조심스럽게 말했어요. 하지만 아이들의 대답을 듣기도 전에 미라 씨가 나타나 소리를 질렀지요.

"누구야! 누가 우리 아가에게 함부로 접근하는 거야!"

아이들은 까르르 웃으며 뿔뿔이 달아났어요. 가방소녀는

남몰래 무릎에 스티커를 붙여보았답니다.

가방소녀가 자랄수록 가방은 자꾸만 작아졌어요. 가방소녀
는 가방 속에서 웅크려 지내는 것이 점점 더 힘들었지요. 하지
만 미라 씨보다 힘들지는 않았을 거예요. 자기 몸무게의 절반
도 넘는 무게의 가방을 언제나 들고 다녀야 한걸요. 어느 날 언
덕을 오른 미라 씨는 숨을 몰아쉬며 말했어요.

"너도 이제 컸으니, 친구를, 아이고 힘들어, 만날 때가 되었
구나."

"친구라고요?"

가방소녀는 혹시 자신이 잘못 들은 것은 아닐까 걱정하며
되물었어요.

"그래. 아주 훌륭한 아이란다. 네 친구가 되기에 조금도 부
족함이 없지. 곧 만나게 될 거야. 그 아이의 가방을 한번 잘 보
렴. 황금색으로 눈이 부시게 반짝인단다. 게다가 무척이나 크
고 튼튼해 보여. 그런 가방 속에 담긴 아이라면 얼마나 멋진 아
이겠니? 게다가 엄마 말을 끔찍이도 잘 듣는다고 하더구나.
글쎄, 아직 가방에 구멍도 뚫지 않았다지 뭐니? 너보다 두 살
이나 더 많은데도 말이야. 너희가 꼭 친하게 지냈으면 좋겠구
나. 서로가 서로의 가방을 끌어주면서. 그러니까 엄마 말은, 아
주 먼 훗날 말이지. 자, 저기 오는구나!"

멀리서 번쩍거리는 가방을 들고 오는 아줌마가 보였어요.
그 아줌마는 선글라스를 코끝까지 내리고는 황금빛 가방을

가방소녀 앞에 놓았답니다. 가방은 마치 예쁘게 포장된 선물 상자 같았어요. 황금빛 가방 속에서 목소리가 들려왔어요.

"안녕. 우리 엄마가 너랑 친구가 되라고 했어. 어떻게 생각 해?"

가방소녀는 소년의 말투가 마음에 들지 않았어요. 하지만 처음 생긴 친구에게 그런 이야기를 할 수는 없었지요. 가방소 녀가 대답할 말을 곰곰이 생각할 때였어요.

"우리 엄마는 싹싹한 애를 좋아하는데 넌 별로 말이 없구 나."

가방소년은 그렇게 말하고 그날 한마디도 더 하지 않았습 니다.

그날 이후 가방소녀는 가끔 가방소년을 만났어요. 가방소 년은 언제나 '우리 엄마가' 하고 말을 걸었어요. 아니면 자신 의 가방이 얼마나 멋진지 자랑했지요. 가방소녀는 응, 응, 하고 대꾸할 뿐이었어요. 두 엄마는 흐뭇한 표정으로 이렇게 말했 답니다.

"정말이지 잘 어울리는 한 쌍이라니까!"

가방소녀는 심심할 때마다 손가락으로 구멍을 넓혔어요. 구멍이 넓어질수록 작고 동그란 세상도 조금씩 더 커져갔지 요. 어느 날 가방소녀는 용기를 내 미라 씨에게 말했어요.

"엄마, 나 한 번이라도 바깥 구경을 제대로 해보고 싶어요."

그러자 미라 씨는 활짝 웃었습니다.

"그것참 좋은 생각이로구나!"

미라 씨는 가방을 들고 이곳저곳을 돌아다녔어요. 동물원에도 가고 박물관에도 갔지요. 아침 일찍 출발해서 해가 질 무렵까지 쉬지 않고 걸어 다녔답니다.

"아이고, 더는 못 움직이겠다."

지친 미라 씨는 공원 벤치에 앉아 그만 까무룩 잠이 들고 말았습니다. 가방소녀는 미라 씨가 깨어날 때까지 기다리기로 했어요. 기다리는 것 말고 무엇을 더 할 수 있었겠어요. 해가 지고 주위는 빠르게 어두워졌어요. 그때 이상한 일이 벌어졌습니다. 가방이 저절로 움직이는 것이었어요. 마치 자전거를 타고 내리막길을 달리는 것처럼 말이에요. 가방소녀는 엄마! 엄마! 소리를 지르며 울었어요. 하지만 가방은 점점 더 빠르게 미라 씨가 있는 곳으로부터 멀어져갔습니다.

얼마쯤 지났을까요. 가방 문이 열렸어요. 가방소녀는 몸을 움츠린 채 위를 올려다보았어요. 누군가 가방소녀를 내려다보고 있었답니다. 곱슬머리에 덧니가 삐죽 나온 남자아이였어요.

"넌 뭐야?"

남자아이인 줄로만 알았는데 목소리를 들어보니 영락없는 여자아이였어요.

"날 엄마에게 돌려보내줘."

가방소녀가 울음을 참으며 말했어요. 하지만 곱슬머리 아이는 들은 체 만 체하며 가방 속을 뒤졌어요. 노란 곰 인형, 예

뿐 반지가 담긴 보석함, 반짝반짝 빛을 내는 손전등……. 곱슬
머리 아이는 그것들을 하나하나 꺼냈다가 다시 가방 속에 집어
던졌지요. 그리고 손을 탁탁 털고 나서 가방을 발로 톡 찼어요.

"네가 직접 찾아가."

"난 못 나가. 엄마가 밖은 위험하다고 그랬어. 이곳에 있어
야 안전하다고."

"여긴 아무것도 없어."

"그래도 안 돼."

"그럼 안전하게 여기 있으렴."

곱슬머리 아이는 가방소녀를 내버려두고 어디론가 가려 했
어요. 가방소녀는 그만 가방 밖으로 불쑥 머리를 내밀어버렸
습니다.

"어디 가는 거야?"

작은 동그라미 같던 세상이 불쑥 커졌어요. 가방소녀는 가
슴이 콩닥콩닥 뛰었지요.

"내가 어딜 가든지, 그게 너랑 무슨 상관이니?"

곱슬머리 아이는 차갑게 말했어요.

"날 두고 그냥 가면 어떡해!"

가방소녀는 소리를 질렀어요. 그리고 깜짝 놀랐답니다. 태
어나서 한 번도 그렇게 큰 목소리를 내본 적은 없었거든요. 목
소리가 너무 커서였는지도 몰라요. 갑자기 모든 것이 낯설고
두려워 가방소녀는 눈물이 났습니다.

"얘, 얘, 울지 마. 나는 우는 게 제일 싫더라."

곱슬머리 아이가 되돌아와서 말했어요. 그리고 가방소녀 앞에 웅크려 앉았지요.

"너 정말 거기서 나온 적이 없어? 한 번도? 농담이 아니고?"

가방소녀는 고개를 끄덕였어요.

"맙소사. 진짜 답답하겠다."

하지만 가방소녀는 가방 밖으로 얼굴을 내민 지금보다 더 답답했던 적은 한 번도 없었던 것 같았어요. 곱슬머리 아이는 신기하다는 듯 가방 주변을 한 바퀴 돌았지요.

"나 같으면 그런 곳에서는 안 살아. 춤도 못 추잖아."

가방소녀는 눈물을 닦으며 물었어요.

"춤이 뭔데?"

곱슬머리 아이는 머리를 긁적였어요. 너무 세게 긁어서 피라도 나는 건 아닌가 걱정이 될 정도였지요. 한참 고민하다가 곱슬머리 아이가 말했어요.

"몸을 마음대로 움직이는 거야. 이렇게."

곱슬머리 아이는 팔다리를 높게 들었다가 구부리고 폈습니다. 그리고 허리를 흔들며 고개를 위아래로 움직였어요. 가방소녀가 물었지요.

"왜 그러는데?"

곱슬머리 아이는 눈을 끔벅거렸어요. 한 번도 그 이유에 대해서는 생각해본 적이 없었거든요. 곱슬머리 아이는 가방소녀의 손을 가방 밖으로 잡아끌었어요.

"그건 네가 해보면 알겠지."

그때였습니다.

"도둑이야!"

멀리서 미라 씨 목소리가 들려왔어요. 곱슬머리 아이는 재빠르게 달아나버렸지요. 달려온 미라 씨는 가방 속으로 손을 넣어 가방소녀를 이리저리 쓰다듬었어요. 미라 씨의 손은 땀으로 축축했고 얼굴은 온통 눈물 때문에 번들거렸답니다.

"괜찮니? 어디 다친 데는 없고? 저 애가 못되게 굴지는 않았니? 혹시 이상한 주사를 놓거나 너를 만지지는 않았어?"

가방소녀는 세차게 고개를 저었어요. 겨우 진정이 된 미라 씨는 떨리는 목소리로 가방소녀에게 말했지요.

"다시는 너와 떨어지지 않을 거야. 두 번 다시는."

가방소녀는 가방 속에서 발가락을 꼼지락거렸어요.

집으로 돌아가는 골목은 어둡고 컴컴했어요. 갑자기 왜 그런 생각이 들었는지는 모를 일이에요. 가방소녀는 문득 자신이 한 번도 가방을 열어보려 한 적이 없다는 사실을 깨달았어요.

'어쩌면 열리지 않을까?'

가방소녀는 안쪽에서 가만히 지퍼를 밀어보았지요. 찌이익 소리가 나며 가로등 빛이 비쳐들었어요. 미라 씨는 화들짝 놀라 가방 속으로 얼굴을 들이밀었습니다.

"무슨 일이니? 아가, 무슨 문제라도 있니? 뭔가 필요한 게 있다면 이 엄마에게 말을 하렴."

"아무것도 아니에요."

가방소녀가 대답했어요.

"지금 네가 가방 문을 연 거니? 실수라고 말해줘, 제발!"

"그냥 열리나 궁금했어요."

"안 되겠구나. 내일은 자물쇠를 사야겠어. 어떻게 이럴 수가 있니. 내가 너에게 어떻게 했는데. 잘 들으렴, 아가. 난 스무 살이 넘어서야 이 가방에서 나올 수가 있었어. 그땐 잘 몰랐지만 지금은 알겠어. 이 가방이 내게 꼭 필요했다는 걸 말이야. 언젠가 너도 이 가방이 얼마나 소중한지 알게 될 거야."

그날 밤이었어요. 가방소녀는 스스로 가방 문을 열었지요. 굳은 몸을 천천히 일으켜 세워보았습니다. 하지만 지금껏 웅크리고 있던 다리는 쉽게 펴지지 않았어요. 가방소녀는 가방을 붙잡고 간신히 무릎을 폈습니다. 목을 꼿꼿이 세우고 팔도 쭉 펴보았어요. 그리고 조심스럽게 가방 밖으로 발을 내디뎠습니다. 걷는 것이 처음이라 다리에 힘이 들어가지 않았지요. 가방소녀는 결국 균형을 잃고 큰 소리를 내며 넘어지고 말았습니다. 처음 느껴보는 통증에 눈물이 핑 돌았어요. 코에서 뜨뜻한 것이 흘러내렸지만 그것이 피라는 걸 가방소녀가 알 리 없었지요. 잠에서 깬 미라 씨는 가방소녀를 보고 한참 엎드려 울었어요.

"드디어 이런 날이 오고야 말았어! 모든 게 끝나버린 거야!"

소녀는 들썩이는 엄마의 어깨를 보면서 '어쩌면 저것이 춤이라는 걸까?' 생각했습니다.

『엿보는 손』

임현

임현은 1983년 전남 순천에서 태어났다. 2014년 《현대문학》 신인추천으로
등단했다.

1

    유제호의『당신과 다른 나』를 읽은 것은 알라딘 미리보기에
서였는데 딱히 구매 의사가 있었던 것은 아니고, 다만 이토록
유난스럽게 세간의 주목을 받고 있는 이유가 궁금했을 뿐이
다. 달리 말하자면, 시장 조사쯤이라고나 할까. 출판사가 마련
한 술자리에서 유제호를 몇 번 본 적은 있었다. 그는 그런 자리
라면 잘 나오지도 않으면서, 나오더라도 항상 구석진 자리에
만 앉았다. 몇 마디 하지 않는데도 사람들의 주목을 받았으며
내가 가지고 싶은 것은 이미 다 가진 사람처럼 보였다. 무엇보
다 머리숱도 많고 길어서 우수에 차 보였다.
    나?

나는 그런 자리라면 항상 중앙을 꿰차고 목소리도 컸으나 누구 하나 잘 들어주지 않았다. 혹시라도 처음 보는 사람에게 "최종화입니다" 소개라도 해야 할 때면 "아, 최정화? 그 최정화? 꼭 만나보고 싶었어요. 소설 진짜 좋아요" 하는 소리나 들었다. 정 말고 종! 정화 아니라 종화! 정정한 적도 여러 번이었으나, 그러고 나면 서로 민망해서 내가 앉은 중앙은 다 비워지고 구석 자리만 채워지는 기이한 현상이 반복되고는 했다. 게다가 나는 몇 달 전부터 정수리 쪽에 원형탈모증을 앓고 있었는데 사정도 모르는 사람들이 너는 본래 두상이 큰 것이 모자랑은 안 어울린다고, 벗고 다니라고 하나같이 말해서 서운했다. 그럼에도 불구하고 나는 결코 주눅 들지 않았다. 그런 자리에서 그런 대우를 받을수록 더 크게 말하고 더 많이 말하고 더 빨리 취했다. 그러니까 전체적으로 보자면 나는 미움을 사는 쪽이었다. 그걸 내가 모르는 게 아니었다. 그런데도 왜 그랬겠나. 다 알면서도 내가 왜 그랬다고 생각하나.

"세상에는 두 종류의 사람이 있습니다."

라는 식의 표현을 즐기는 사람이 있다. 웃기지 말라고 그래. 어떻게 두 종류로 사람을 다 나눌 수 있나. 그렇게 말하는 사람들도 두 개로는 부족하다는 걸 잘 안다. 알면서도 그러는 거지. 듣는 사람이 무얼 듣고 싶어 하는지도 잘 알고 있으니까. 그걸 하는 것이다. 하고 싶은 말은 되도록 숨기고 듣고 싶은 말만 하는 걸 사람들이 더 좋아하니까. 말하자면, 나는 그렇게 살아오지 않았다는 뜻이고 반면에 유제호는 그랬다는 것이다. 그런 문장만 골라서 쓰는 주제에 천박하게 어디서, 뭐? "소설가에 겐 두 가지의 자질이 필요합니다"라고?

나와 유제호의 심리적 거리는 멀고 아득했으나 노가리 안주가 주력인 그 호프집의 규모는 그리 크지 않았다. 화장실은 더 좁아서 소변기 하나를 두고 문밖에서 자주 기다려야 했는데 유제호와 처음 인사한 곳도 바로 그 자리에서였다. 화장실 쪽으로 다가오던 유제호가 웬일인지 나를 먼저 알은체했던 것이다. 그가 정중하게 나를 향해 고개를 숙였다. 나는 들키지 않을 정도로 몸을 조금 움찔했는데 내 소설 읽은 거야? 그래서 나를 아는 거야? 구글에서 내 사진 검색했을지도 몰라, 그러니까 알아본 거겠지? 기분이 좋았다. 좋아서 나도 반갑다고, 진짜는 읽은 게 없으면서 나도 당신 소설 좋아한다고 허리를 숙여버렸다. 그와 동시에 내 뒤에서 불쑥 문학평론가 하나가 튀어나오더니 유제호와 악수했다. 그런데도 나는 상관없이 유제호가 서 있는 곳보다 더 뒤쪽을 바라보며, 계속 허리를 굽혔다. 실은 당신이 아니라 다른 사람과 인사하던 중이라고, 내가 워낙 인사성이 밝아서 늘 이렇게 허리를 숙인다고, 그렇게 보이고 싶었다. 유제호와 악수하던 그 평론가가 빈 벽에 대고 지금 뭐 하는 거냐고 물어도 나는 못 들은 척했다. 차라리 취한 사람처럼 보이고 싶었다.

그 뒤로 나는 줄곧 유제호를 의식했다. 중앙에 앉아서 안 듣는 척 구석에서 들려오는 유제호의 말에 집중하고 있었다. 실은 좀 전의 상황을 사람들에게 떠벌리지는 않을까 불안했던 것인데, 그러나 아무도 그런 소리는 하지 않았다. 누구 하나 의도하지 않고 애쓰는 것도 아닌데 나만 소외되었다.

"무엇보다 사람을 이해하려는 태도가 중요합니다. 그 사람에게 필요한 것과 부족한 것을 살펴야 하지요. 말하자면 그려내고자 하는 인물에 대해 분석하고 종합할 수 있는 능력, 소설가에겐 이 두 가지의 자질이 필요하다고 생각합니다."

작지만 집중하게 만드는 목소리로 유제호가 '분석'이니 '종합'이니 소설가에게 필요한 두 가지 자질 운운할 때는 나도 모르게 혼잣말을 해버렸다. "헛소리들 하고 앉아 있네." 그 소리에 내 앞에 앉은 사람이 당황해서는 얼떨결에 사과했다.

"죄송해요. 그럴 의도는 아니었는데 너무 제 말만 했죠. 그런데…… 누구세요? 누군데 내 앞에 앉아 있어요?"

민망하고 미안한 마음에 나는 공손하게 내 소개를 했다. 일순간 상대방의 얼굴에서 불쾌함이 걷히고 밝아지는 것이 보였다.

"아, 알아요. 한번 꼭 뵙고 싶었어요. 그런데 남자분일 줄은 몰랐어요. 소설 정말 좋아요."

집으로 돌아온 나는 좀처럼 분이 풀리지 않은 상태로 이러고 있을 수만은 없다, 뭐라도 써야겠다, 하루키만큼 유명해져야지, 하는 다짐으로 컴퓨터 앞에 앉았으나 진짜 실천으로까지 이어지지는 못하고 대부분의 시간을 인터넷 가십 기사나 읽는 데 써버렸다. 그러다가 마침내 알라딘에 접속해 유제호가 최근 출간한 『당신과 다른 나』를 검색하기에 이르렀던 것이다. 소설가 최정화의 추천사가 가장 먼저 눈에 들어왔다. 괜히 눈물이 났다. 혼자 욕도 했다. 다들 끼리끼리 어울리는 것만 같고 그런 자리에 나는 왜 안 끼워주나 싶어서 서러웠다. 당장 최정화의 출간 도서들을 검색했다. 모조리 별점 한 개를 매긴 뒤 "반 개가 안 돼서 한 개"라는 댓글도 남겼다. 기분이 조금 풀리는 것 같았다.

『당신과 다른 나』는 어느 날 갑자기 개와 고양이를 구분하지 못하게 된 남자에 대한 이야기였다. 미리보기 서비스에서는 초반 열다섯 페이지가량만을 제공할 뿐이었는데 치약과 무좀 약을 구분하지 못하는 데까지가 내가 읽을 수 있는 분량의 전부였다. 그러나 그것으로 충분했다. 뒤이어 이 소설이 어떤 식으로 흘러가게 될지는 이미 너무 빤했다. 분명히 알 수 있었다. 단어가 조금 바뀌고 배치가 달라지긴 했으나 그것은 분명 나도 아는 내용이었다. 다른 사람이라면 몰라도 나는 알 수 있었다. 당연하지. 왜? 그걸 내가 썼으니까.

혼란스러운 마음으로 나는 첫 페이지를 다시 읽고, 또 읽고, 내가 쓴 문장들과 비교하며 여러 번 되풀이해서 읽었다. 가능한 경우의 수를 헤아려보았다. 어떻게 이게 유제호의 이름으로 출간되었나? 심지어 아직 어디에도 발표되지 않은 소설을 어떻게 알고? 내 컴퓨터가 해킹당했나? 술김에 나도 모르게 떠들어댄 적이 있었나? 그럴 수 있었다. 술만 취하면 나도 내가 무슨 소리를 하는지 몰랐으니까. 그걸 유제호도 들었던 게 아닐까? 저기 멀리, 가장자리에 앉아서? 나중에는 과정이야 어떻게 됐든 내가 누렸어야 할 부와 명예를 아무 힘도 쓰지 못 하고 유제호에게 빼앗겼다는 생각에 화가 치밀었다.

그 밤 나는 도무지 잠들지 못했다. 누웠다가 벌떡 일어나기 를 반복했고, 일어나면 매번 담배를 피우는 탓에 10분에 한 대 씩 피웠다. 한 갑을 모두 비운 뒤에야 나는 책장을 뒤지기 시작 했는데 거기서 지난해 《현대문학》 1월호를 찾아냈으며 그 호 의 부록인 문인 주소록에서 유제호의 메일 주소를 받아 적었 다. 전화번호는 적혀 있지 않았다. 그런 후에도 나는 또 한참 메일의 제목을 무어라 정할지 고민했다. 혹시나 읽지도 않고 바로 삭제할 게 걱정됐기 때문이다. 고심 끝에 나는 이렇게 적 었다. "안녕하세요, 《문학과사회》입니다. 청탁서 보내드립니 다." 그러고는 내가 쓴 소설이 담긴 첨부 파일과 함께 다음과 같은 내용의 메일을 보냈다.

"개새끼야, 남의 소설 함부러 가져다 쓰지 마라."

지금에 와서 변명하자면, 나는 손가락이 굵고 키보드의 자 판은 좁고 뻑뻑해서 자주 오타가 난다는 점인데, 그런 탓에 이 전에도 ㅗ를 ㅓ로, h를 j로 잘못 입력하는 경우가 더러 있었다. 무엇보다 그 메일은 지극히 흥분된 상태에서 작성한 것으로 왜 작은 실수가 나를 더 비참하게 만드나, 중요한 것은 그런 게 아니지 않나, 스스로를 합리화하기에 이르렀다. 몰라서 그런 게 아니라고, 다만 실수였다고 추가 메일을 보내야 하나.

"일부로 아니고 일부러! 함부러 아니고 함부로!"

나는 베개 위에 얼굴을 묻은 채 소리쳤다. 게다가 나를 더욱 자괴감에 빠뜨린 점은 그로부터 며칠이 지나도록 유제호에게서는 아무런 답도 없고, 심지어 수신 확인도 되어 있지 않았다는 것이다. 《문학과사회》잖아! 거기서 청탁서를 보내왔다고! 그런 것에도 신경 쓰지 않는 의연한 태도가 부러웠다. 그런 무심함마저 본래는 다 내 것 같아서 억울함은 더욱 깊어져만 갔다.

세상은 넓고 우리가 설명할 수 없는 일들은 빈번히 일어나고 있다. 아파트 베란다에서 떨어진 갓난아이를 우연히 지나던 누군가 받아냈다든가, 기체조와 생식만으로 악성종양이 치유된 환자라든가, 분명 죽은 줄 알았던 사람이 도로 깨어나 사후 세계의 체험을 들려주더라는 식의 사연을 누구나 하나쯤 알고 있지 않나. 내가 아는 어떤 소설가는 재작년에 돌아가신 외삼촌을 보았다고 했는데 아무래도 그 덕분인 거 같다고, 문학상을 받는 자리에서 소감으로 밝힌 적도 있었다.

그러나 우리가 설명할 수 없는 일들은 대부분 설명하기 어려운 것일 뿐, 알고 나면 뚜렷한 인과관계로 엮여 있다. 우연이란 아직 모르거나 그중 한 부분이 누락된 것일 뿐이고. 소설가의 역할이 무엇이겠는가. 그런 신비하고 모호한 부분을 필연으로 만드는 것. '왕이 죽고 왕비가 죽었다'의 빈 곳을 채우는 것 아닌가. 자연사한 왕족의 이야기를 누가 읽고 싶어 하겠

나. 바람난 남편을 독살하고 죄책감에 시달리는 왕비의 비참한 최후를 그려내는 것. 그럴듯한 원인을 찾아서 불분명한 것을 선명하게 드러내는 것이 우리의 일 아닌가. 그런데도 아무도 믿어주지 않았다. 그 소설가란 새끼들이 자신의 빈곤한 상상력은 하나도 반성하지 않으면서 오히려 나를 열등감에 사로잡힌 천박한 사람으로 몰아갔다. 그런 일은 있을 수 없으며, 있다고 하더라도 우연일 거라고 했다. 우연? 우연이라니? 이걸 보고도 그래? 개와 고양이는 그렇다고 치자. 그럴 수 있지. 그런데 치약과 무좀 약이야! 치약과 칫솔이 아니라고! 그만 좀 하라고들 했다.

대놓고 말한 것은 아니었으나 실은 남들이 뭐라 생각하는지 나도 잘 알고 있었다. 혐의가 있다면 유제호가 아니라 내 쪽일 거라고 의심하는 거겠지. 나라도 그랬을 것이다. 아무래도 그쪽이 더 그럴듯해 보였기 때문이다.

유제호로부터 답장을 받은 것은 법률구조공단에서 저작권 소송에 필요한 절차와 구비 서류에 대한 상담을 받고 돌아왔을 때였다. 홈페이지에서 진술서 양식을 다운받으려고 컴퓨터를 켰는데 "확인이 늦어서 죄송합니다"라는 제목의 메일이 도착해 있었다.

"보내주신 원고는 꼼꼼히 읽어보았습니다. 기대했던 것 이상으로 훌륭한 작품이더군요. 그러나 먼저, 선생님의 의심이 틀렸다는 점을 지적해야겠습니다. 맹세컨대, 나는 선생님의 문장을 조금도 훔치지 않았습니다. 다만, 우리의 소설이 이토록 유사할 거라는 점을 예상할 수 있었을 뿐이지요. 믿기지 않겠지만 아주 오래전부터 선생님의 연락을 기다려왔습니다. 기회가 된다면 언제라도 이 이야기를 꼭 들려주고 싶었기 때문입니다."

물론 지금에 와서야 드는 생각이지만, 그때 나는 메일 따위야 어쨌든 무시해버리고 고소장 작성에나 집중했어야 한다. 가만히 모니터를 응시하며 그 긴 글을 계속해서 읽어갈 게 아니었다. 그러나 많은 일들이 대개 그렇듯 이 경우에도 끝내 결과를 모두 지켜본 후에야 비로소 그때 그러지 못한 것을 후회할 뿐이었다.

2

"어떤 책을 좋아하십니까?"

처음 대면하는 사람에게 내가 자주 하는 질문 중 하나는 이런 것입니다. 일종의 직업 벽이라고도 할 수 있을 만한 이 물음에는 아주 많은 것이 담겨 있습니다. 돌아오는 대답에 따라 상대방의 관심사를 추측할 수 있고, 분야와 키워드에 맞춰 앞으로의 대화 방향을 결정할 수도 있습니다. 그 밖에 더 복잡하고 섬세한 것들도 있지요. 이를테면, 조금의 주저함도 없이 인지도 높은 도서의 제목이나 저자를 답하는 사람들은 실은 독서량이 많지 않을 가능성이 큽니다. 그럴 땐 되도록 심오하고 무거운 주제는 피하고, 상대방이 지루해하지 않도록 대화의 범위를 한정해주는 배려가 필요합니다. 반면에, 비교적 난해하거나 낯선 이름을 대는 사람을 만났을 때는 그의 독선적인 행동에 미리 대비를 해두어야 합니다. 명확히 구분하기는 어렵지만 『나의 라임 오렌지 나무』와 『어린 왕자』의 경우도 있습니다. 유년 시절에 어느 쪽을 더 감명 깊게 읽었느냐에 따라 내게는 어쩐지 다른 느낌을 줍니다. 문제는 무엇도 읽지 않아서 예측할 수 없는 사람들이 있다는 겁니다. 누구보다 내 아버지가 그랬습니다. 나는 오랫동안 그 사람을 이해할 수 없었습니다.

농업고등학교를 중퇴하고 아버지가 반평생 종사한 곳은 세탁소였습니다. 다림질을 하고 수선을 하고 건식과 물세탁을 구분한 뒤 빨아서 말리고 보관하는 곳. 뚜렷한 절차와 과정이 반복되는 그 세계가 전부인 듯 살아왔으므로, 바쁘고 고단한 것이 성실한 삶이라고 믿어온 사람이었습니다. 그런 아버지가 어느 날 내 손을 붙잡고 말하더군요. 얼마나 울었는지 부은 눈으로 나를 바라보았습니다.

"제호야, 나는 말이다. 내가 너무 부끄럽구나."

그러고는 서럽게 울기 시작했습니다. 그때까지 나는 언제고 어디서고 그런 말을 하는 아버지를 본 적이 없었습니다. 궁금할 것도 없이 명확한 그 삶에 무슨 부끄러움이 그토록 많았다는 것일까요. 세탁소 안은 늘 솔벤트 냄새로 가득했습니다. 그런 것을 오래 맡다 보면 몸 어딘가가 약해지고 내장 질환을

앓게 되는 것인지도 모르겠습니다. 어머니가 일찍 돌아가신 것도 어쩌면 그게 원인이지 않았을까. 나는 순간 그런 의심이 들었습니다. 화학약품에 중독된 게 아닐까. 모르는 사이에 심각해져서 머리가 이상해진 게 아닌가. 걱정이 되는 마음에 오늘은 그만 들어가서 쉬는 게 어떻겠냐고, 아버지를 부축했습니다. 의자에 앉아 있던 아버지는 쉽게 따라 일어섰습니다. 내 어깨에 자꾸 머리를 기대는 바람에 콧물도 함께 묻었으나 나는 개의치 않았습니다. 다만, 그 순간에도 아버지가 손에 쥐고 놓지 않으려는 것이 있었습니다. 고동색 계열의 양장본 한 권이었습니다.

우리 아버지는 평소 무얼 읽거나 하는 사람이 아닙니다. 늘 해야 할 것이 있었고 하고 나면 금세 곯아떨어졌습니다. 세탁소 일이 특별히 고됐다기보다는 그냥 그런 것에 잘 적응했을 뿐입니다. 대체로 그런 사람들이 모여 있는 상가 건물이었습니다. 모두 3층 높이로 아파트 단지 입구에 위치해 있었는데 세탁소와 함께 문구점, 제과점과 부동산, 위아래로는 태권도 학원과 미용실이, 지하층 전부는 슈퍼가 입점해 있었습니다. 매달 월례회를 열어 공용 화장실의 청소 당번을 정한다거나 야유회의 일정을 조율하는 것을 중요하게 여기는 사람들이었습니다.

그런 이곳에 몇 달 전 낯선 누군가가 찾아왔다고 했습니다. 수선이 필요해 보이는 감색의 낡은 양복을 입은 그 남자는 세탁물을 맡기는 대신 명함을 내밀었습니다. 무거운 가방을 다림판 위에 올려놓고는 몇 권의 책을 아버지 앞에 꺼내 보이기도 했습니다. 그간 발행했다는 도서 목록에는 언젠가 아버지도 들어본 것 같은 명사들의 이름이 빼곡했습니다.

인생은 한 권의 책이다.

— 마테를링크

남자가 건넨 전단에는 크고 진한 폰트의 홍보 문구와 함께 '자서전 대필 전문 업체'라고 적혀 있었습니다. 그중 아버지를 가장 솔깃하게 한 것은 그게 다 공짜라는 말이었습니다.

"누구나 자신의 인생에서 의미 있는 것을 남기고 싶어 하지 않겠습니까? 저희 업체에서는 창립 3주년을 맞아 우리 사회에 귀감이 될 만한 서른 분의 인사를 선정하여 살아오신 이력을 한 권의 책으로 만들어드리기로 결정했습니다. 사장님 같은 분들의 생애와 철학을 되도록 많은 분들과 나누고자 하는 공익적 목적에서입니다. 물론 그 과정에서 소요되는 비용은 저희 쪽에서 지불하는 것이지요. 금전적으로 따로 부담하실 내용은 전혀 없습니다만……."

실은 권당 3만 원씩 50권을 선구매하는 조건이었으나 제작비를 고려했을 때 거의 공짜나 마찬가지라고 남자는 설득했습니다. 무엇보다 주변에 선물하거나 가게를 홍보하기에도 좋다는 말에 아버지는 흔들렸습니다.

별다른 제목도 없이 금박으로 '유남구 자서전'이라고만 적힌 그 책을 아버지는 마음에 들어 했습니다. 몇 차례의 인터뷰가 있었고 수 주간의 제작 기간을 보낸 뒤, 우체국 택배 상자에 담겨 배달된 것이었습니다. 상가 월례회 자리에서 아버지는 그것을 사람들과 나누었습니다. 단골들에게는 3천 원의 수선비만 받고 3만 원씩이나 하는 그것을 함께 끼워주었습니다. 그러고도 남은 것들은 공용 화장실에 비치해두거나 가게 이곳저곳에 두었다가 틈날 때마다 펼쳐 읽었던 것입니다.

한번은 급하게 부동산으로 불려간 적이 있었습니다. 중년의 부부가 운영하고 있었는데 누구에게나 모범이 되는 사람들이었습니다. 베풀기를 좋아하고 남의 어려움을 모른 척하지 않았습니다. 아버지도 남자 쪽을 형님이라 부르며 급전을 빌려올 때가 있었습니다. 그들 내외가 냄비 한가득 홍합을 삶아 내왔습니다. 자연산이라 귀하다고 했고 철분이 많아 빈혈에도 좋다고 했습니다. 칼칼한 국물이 시원했습니다. 그런데도 아버지는 옆에서 자꾸 입맛이 없다고 하거나 권하는 말에도 괜찮다고만 했습니다. 딱히 바쁜 일도 없으면서 나중에는 먼저 가봐야겠다며 아직 수북하게 남은 홍합을 두고 자리에서 일어섰습니다. 그때 나는 처음으로 아버지를 너무 몰랐던 게 아닐까 생각했습니다. 귀한 음식도 마다하고 더 귀하게 여기는 아버지가 낯설었던 것입니다. 그러니까 그때 아버지의 기분 같은 거. 부끄러웠을 겁니다. 뜨거운 홍합 냄비 밑에서 자서전을 발견했을 때, 아마 자기 인생도 송두리째 냄비 아래 받쳐진 듯한 기분이지 않았을까.

누구에게나 중요하게 여기는 것들이 있습니다. 아버지에게
는 세탁업이 그랬습니다. 나름의 전문성을 필요로 했고 자부
심을 품어왔습니다. 대단할 건 없지만 일반인은 모르는 기술
도 보유하고 있었습니다. 그런 것들을 기록해놓은 책이었습
니다. 함부로 대할 것이 아니었습니다. 아버지는 자주 믹스커
피를 얻어 마시거나 별다른 용무도 없이 부동산을 드나들었
습니다. 함께 장기를 두거나 스포츠 신문을 뒤적거리다 돌아
올 때도 많았습니다. 그러나 이후로는 서먹하게 지내며 거리
를 두었습니다. 본래는 부동산을 통하던 것도 미용실이나 문
구점에 부탁했습니다.

부동산을 찾는 대신 아버지는 홀로 세탁소에 남아 자서전
을 읽는 데 더 몰두했습니다. 마음에 드는 페이지를 접어두거
나 밑줄을 그으면서 지난날을 회상했습니다. 그런 문장들은
주로 "행복한 자영업자는 모두 비슷한 모습을 하고 있지만, 불
행한 자영업자는 제각각의 불행을 안고 있다"라든가, "최선의
방법은 그날그날 일어난 일들을 적어두는 것이다. 뚜렷하게
관찰하기 위해서 장부를 쓸 것. 아무리 하찮은 세탁물이더라
도", "최고의 고객이었고 최악의 고객이었다" 같은 것들이었
습니다. 30년 만의 폭설이라던 그해의 아침을 떠올리며 "상가
의 긴 복도를 지나자 눈밭이었다. 건물 밖의 바닥이 하얘졌다"
라고 묘사하기도 했습니다. 심지어, 상가 사람들과 단체로 중
국 여행을 떠났던 시기에는 이렇게 적혀 있었습니다.

전당강의 도도한 물줄기는 밤낮을 가리지 않고 쉴 새 없이 임안 우가촌을 휘감아 돌아 동쪽 바다로 흘러간다.

『영웅문』의 첫 문장이었습니다.

그러나 아버지에게는 아무런 상관이 없었습니다. 그것이 마치 자신의 진짜 삶이라도 되는 양 흡족해했습니다. 보다 정확히는 몰랐기 때문입니다. 실은 남의 문장이라는 것도 모르면서 그게 다 자기 이야기인 줄만 알고, 남들 보기에 정말 그럴 거라고 여겼습니다. 그중 아버지가 가장 마음에 들어 했던 구절이 있었습니다. 어느 날 배달 심부름을 다녀온 나를 불러 세워놓고는 뭔가 대단한 걸 발견했다는 양 짚어주기도 했습니다.

"여길 좀 봐라. 네 아비라는 사람이 참 부끄럼 많은 생애를 보냈다는구나."

그때라도 나는 뭐가 그렇냐고, 그렇지 않다고, '진짜는 하나도 부끄럽지 않으면서 그런 말 좀 하지 마요. 다자이 오사무라도 된다는 듯이 폼 좀 잡지 말라고요' 지적해야 했습니다. 그러나 우리 아버지가 누구입니까. 농업고등학교를 중퇴하고 반평생 세탁업에만 종사한 사람이었습니다. 무엇 하나 제대로 읽어본 적이 없었습니다. 그런 가정에서 내가 나고 자랐습니다. 나라고 크게 다를 게 없었습니다. 상업고등학교를 졸업하고 줄곧 아버지 밑에서 세탁업을 배웠습니다. 밋밋하고 대체로 반복적인 삶이었습니다만, 물려받을 것이 있었으므로 나쁘지 않았습니다. 나름 만족할 만한 미래도 계획하고 있었습니다. 무얼 읽고 좋아할 만큼 교양을 갖춘 삶은 아니었지만 손이 야무지고 일하는 요령을 잘 안다는 말은 많이 들었습니다. 대단할 것은 없지만, 그렇다고 또 비난받을 만한 것도 없었습니다. 그런데도 우리 아버지는 그래요.

"나는 말이다. 내가 너무 부끄럽구나."

그러면 나는 뭐가 되나요? 아버지처럼 세탁소가 전부라고 믿어왔습니다. 아무것도 모르고 그냥 아버지가 되려고만 한 나는 어떻습니까. 누가 더 부끄러워야 하나요.

전에 없이 그날은 솔벤트 냄새도 덮을 만큼 실내에 담배 냄새가 짙던 날이었습니다. 그러니까 내 어깨에 기대서 콧물을 진하게 흘리며 울어대던 그날 밤, 아버지는 내게 이런 고백을 하더군요.

새로 담갔다는 김장김치와 꼬막무침을 싸들고 부동산 여자가 먼저 세탁소로 찾아왔다고 했습니다. 이유도 모르고 멀어지는 이웃을 가만두고 볼 사람들이 아니었습니다. 그러고는 "제호 아빠, 요즘 우리랑 사이가 좀 그랬지요?" 하고 운을 뗐습니다. 섭섭한 게 있다면 이해해달라고 했고, 혹시라도 말 못할 고민이 있어서 그러는 게 아닌가 싶어서 걱정이 많다고도 했습니다. 그때 아버지는 기분이 참 이상했습니다. 무슨 일 때문인지도 모르면서 먼저 사과하는 사람을 앞에 두고 있자니 가슴 한쪽이 답답한 게 불편해지고, 말도 없이 혼자 꿍해 있던 자신을 되돌아보자니 민망했습니다.

"나는 그래요, 제호네가 남이라고 생각한 적이 한 번도 없다니까."

마주한 여자를 제대로 쳐다보지도 못한 채 고개를 숙였을 아버지를 떠올리면 나는 자꾸 이런 생각이 듭니다. 그 무렵, 아버지를 진짜 부끄럽게 만든 것은 무엇이었을까. 실은 그냥 부끄러워지고 싶었던 게 아닐까. 나중에라도 부끄럽다고 할 수 있을 만한 생을 단지 살고 싶었던 게 아닐까. 아무래도 그래서였다고 생각합니다. 여자는 가지고 온 반찬 통을 아버지 앞에 하나씩 꺼내놓기 시작했습니다. 그러고는 뭐라도 좀 챙겨 먹었느냐, 남자 둘이 살면서 제대로 차려 먹기는 하는 거냐며 그동안의 끼니를 걱정해주었습니다. 여전히 고개를 숙인 채로 아버지는 부지런히 움직이던 여자의 손을 물끄러미 바라보았습니다. 그러고는 그 위에 자신의 손바닥을 포개 올렸던 것입니다.

"형수, 고마워요."

그간의 정황을 들려주던 아버지의 목소리는 줄곧 무거웠습니다. 여자의 손을 잡았다고 말하며 내 손을 움켜쥐었습니다.

"그때부터였단다. 형님 보기가 미안해지더구나."

그런 말을 남기고 얼마 후, 아버지는 세탁소를 떠났습니다. 부동산 여자도 함께 보이지 않았습니다. 일이 벌어진 뒤에야 분명해지는 것들이 있습니다. 그런데도 상가의 사람들은 마치 오래전부터 예견했다는 듯이 수군거리기 시작했습니다.

그럴 줄 알았다고, 낌새가 이상했다고, 전부터 세탁소에 단둘이 있는 것을 자주 목격했다던 문구점 주인은 괜히 자기를 보면 허둥대더라고 증언했습니다. 뒤늦게 사정을 알게 된 부동산 남자는 가게로 들이닥쳤습니다. 어쩐지 좋은 것만 있으면 우리 부자를 불러 먹이더라고 고함을 쳤습니다. 그러고는 다리미를 던지고 옷걸이를 던지고 잘 다린 면바지를 집어던졌습니다. 천장에 매달린 세탁물들을 바닥에 패대기치고, 내 머리채를 휘어잡기도 했습니다. 마치 그게 다 내 아버지라도 된다는 듯이 뭐든 잡히는 대로 내던졌던 것입니다. 그중에는 양장으로 된 그 자서전도 있었습니다.

우리 아버지는 말입니다. 본래 무얼 읽거나 하던 사람이 아니었습니다. 반면에 기록하는 일이라면 달랐습니다. 가까운 곳에 거래 장부를 두고 늘 꼼꼼하게 적어두었습니다. 거기에는 "3월 7일 수요일 장미빌라 201호 쌍둥이 엄마 양장 바지 밑단 3천 원" 같은 것들이 빼곡했습니다. 그러니까 아버지의 삶은 그 장부 속에 모두 들어 있던 셈이었습니다. 날짜와 주소가 바뀌고, 수선하는 데 3천 원을 받는 바지 밑단이 "파란색 모직 코트 드라이 7천 원"으로 달라졌을 뿐, 전반적으로 심심하고 단조로운 일상이었습니다. 그러나 그것만으로 틀렸다고 평가할 수는 없는 거잖습니까. 내세울 만한 것도 없이 겨우 자기 명의로 된 세탁소 하나를 자랑스러워하는 게 고작이었으나, 그런 사람도 엄연히 존중받아야 하는 거 아닙니까. 그냥 그렇게 계속 살아도 되는 거잖아요. 그런데도 어떤 소설가는 '작가의 말'에서 이렇게 썼다고 하더군요.

　내 소설을 읽는 동안 잠시 현실을 떠났다가, 다시 현실로 돌아왔을 때 무언가 달라진 점이 있길 바란다. 하다못해 앞서 걷는 사람의 걸음걸이에 이상하게 자꾸 신경이 쓰여 가던 길을 멈추기라도 했으면 좋겠다.

　하지만 그로부터 달라진 삶은 누가 부담하는 겁니까. 무책임하게 왜 그런 것을 바란답니까. 왜 함부로 남의 인생에 끼어드나요. 가던 길을 멈췄다가, 다시 걷지 못하게 된 경우에는 어떡하라고. 그러니까 내 아버지를 멈추게 한 그 책 말입니다. 그것으로 말할 것 같으면, 아버지가 읽은 유일한 책이었습니다. 더구나 내가 아는 한 그걸 읽은 사람도 우리 아버지가 유일했습니다. 물론 출간을 제의받은 것은 상가에서 아버지만이 아니었습니다. 하지만 그러기로 선택한 것은 오직 아버지뿐이었습니다. 왜 그랬을까요. 나는 종종 그런 생각을 하고는 합니다. 그게 과연 우연이었을까.

　어떤 책은 누군가의 삶을 완벽히 뒤바꾸어놓기도 합니다. 그러나 그 경우, 저자의 능력보다는 독자의 잠재력이 더 요구되는 것 아닙니까. 제아무리 훌륭한 고전이라 한들 그걸 읽는 사람이 누구냐에 따라 평가가 다른 것 아니겠습니까. 잠언 시집 한 구절에 새삼 감동을 받았을 때는, 그 책의 무게감 때문만이 아닙니다. 마침 그런 위로가 필요했기 때문입니다. 그러므로 내 아버지도 그랬던 게 아닐까. 아마 그런 말을 필요로 했던 게 아닐까. 그러나 이런 생각을 하게 된 것은 그로부터 시간이 제법 지난 뒤의 일이었습니다.

아버지가 그랬던 것처럼 나는 세탁소에 홀로 남아 자서전을 읽었습니다. 그것은 내게도 의미 있는 일이었습니다. 아버지처럼 나 역시 그 독서가 유일한 사람이었기 때문입니다. 거기에는 나도 미처 알지 못했던 이력들이 적혀 있었습니다. 익히 잘 알고 있던 모습도 있었습니다. 무엇보다 자신의 지난날을 조용히 고백하는 아버지가 보였습니다. 지금껏 한 번도 중요해본 적 없던 사람이, 그 순간만큼은 하는 모든 말들마다 주목을 받고 있었습니다. 그랬으므로 아버지는 누군가 대신 정리해준 자신의 이야기가 마음에 들었을 겁니다. 온전히 이해받고 있다고, 마땅한 단어를 몰랐을 뿐 알았다면 그렇게 말했을 거라고, 그 사람이 써준 게 정말 맞는다고, 가장 정확한 문장이라고 믿었던 것입니다.

아버지를 이해하고자 시작했던 독서는 이후 뜻밖의 방향으로 나아갔습니다. 세탁소를 정리하고 나는 작은 평수의 방을 얻었습니다. 가능한 한 최소한의 생활비만을 지출하며 생계를 유지했습니다. 그러니까 나는 처음으로 아버지가 아닌 다른 누군가가 되고 싶어졌던 것입니다. 낮 동안에는 서점이나 도서관에 들러 무엇이든 읽었습니다. 돌아와서는 자서전의 문장들을 베껴 적었습니다. 읽고 쓰는 날의 연속이었습니다.

아버지를 알게 될수록 자서전에 적힌 문장들이 실은 대문호들의 작품에서 빌려왔다는 것도 알게 되었습니다. 그런 것들도 모두 따라 적기 시작했습니다.

선생님, 나는 오래전부터 당신이 되고 싶었습니다. 아무에게도 들킨 적 없는 내 아버지의 내면을 알아본 당신처럼 나도 누군가를 이해하는 사람이 되고 싶었습니다. 그러므로 당신이 읽은 것을 따라 읽고, 당신이 쓴 내 아버지라는 인물을 베껴 적었습니다. 나중에는 당신의 입장에서 생각하고, 당신이 쓸지도 모를 이야기를 예상하며 써나갔습니다. 나도 몰랐던 내 아버지의 삶을 당신이 썼듯 나도 당신의 내밀한 부분을 쓰고 싶었습니다. 그리고 언제가 될지는 몰라도, 당신이 연락해올 그날만을 기다렸습니다. 그때라면 내가 당신을 정확하게 이해해왔다는 것을 확인받는 셈이 될 테니까요. 부탁입니다. 나를 만나러 와주기를 바랍니다.

아마도 여전히 내 말을 믿기 어려울 거라고 생각합니다. 그러나 나는 얼마든지 그 의심을 해소해드릴 수 있습니다. 선생님, 함부로 당신의 책장을 들켜서는 안 됩니다. 내가 아는 것이 바로 그것입니다. 그러므로 당신이 무얼 쓰든 간에 나는 당신의 입장이 되어 앞으로 당신이 쓰게 될 모든 문장들을 먼저 쓰게 될 것입니다.

3

그렇게 된 일이다.

말하지 않았나.

세상에는 설명할 수 없는 것투성이라고.

그리고 나는 지금 그 메일 말미에 첨부된 경기도 외곽의 주소지로 향하고 있다. 유제호의 허황된 소리를 믿어서가 아니다. 물론, 내가 젊은 시절 대필 아르바이트를 했다는 것, 그런 일들은 대개 어디서 본 듯하고 그럴듯한 문장으로 짜깁기했다는 것까지 부정하는 것은 아니다. 그럼에도 불구하고 그게 어디 나뿐이었겠는가. 그런 업체는 우후죽순 생겨났다가 없어지고 되도록 많이, 빨리 쓰는 것을 미덕으로 아는 업종인 데다가 그게 아니라면 생계를 유지할 수 없는 무명의 작가가 어디 나 하나였겠느냐 그 말이다.

뭐라고?

우연?

그렇지, 말하자면 그냥 어쩌다 그렇게 된 것일 뿐. 무엇보다 나는 이후로 그런 것을 쓰기 시작했다. 좀처럼 설명할 수 없고 이해할 수 없는 문장들, 인과적이지 않고 쓰는 나도 부정하고 관련 없는 사건들을 불연속적으로 배열해서는 비문과 오독을 유도하고…… 건방지게 어디서…… 뭐? 나를 베껴? 함부로 나를 예상한다고? 유제호가 절대 따라 할 수 없는 문장들로 채워갔다. 알 수 없지. 절대 알 수 없어. 나도 내가 뭘 썼는지 모르는데 어떻게 알 수 있겠나. 해킹을 걱정하여 온전히 수기로 완성한 단편소설 분량의 원고였다. 취중에 나도 모르게 무의식을 떠벌릴 게 염려되어 그간 며칠 술도 마시지 않았다.

그렇게 도착한 곳은 주변에 다른 인가도 없이 외따로운 주택이었다. 크고 무거운 현관문이 미리 열려 있었는데 정원이 넓고 심긴 것도 다종다양했다. 그걸 보고 있자니 나도 모르게 손에 쥐고 있던 원고가 구겨졌다. 유제호가 훔쳐간 내 문장으로 심은 것들이었다. 죄다 뽑아버리고 실용적인 것 위주로 채우고 싶었다. 내가 바라는 것으로만 꾸미고, 보이는 게 다 내 것이었으면 싶었다. 당장에라도 멱살을 붙잡고 가져간 거 다 내놓으라고 윽박을 지를 생각이었다. 그러나 어디에도 유제호는 보이지 않았다. 나는 빈집을 이리저리 돌아다니며 벌컥벌컥 문을 열고 원목인가? 비싸겠지? 아, 텔레비전이 커서 야구 보기 좋겠다…… 만져보고 두드려보며 감탄해버렸다.

무엇보다 유제호의 서가는 삼면을 책으로 가득 두르고 있었는데 천장도 무지하게 높았다. 다만 꽂혀 있는 도서들의 배열은 이상했다. 주제와 분류가 산만하기도 했지만, 군데군데 빈자리가 눈에 띄고 언뜻 보기에도 똑같은 책이 여러 권인 데다가 펼쳐보면 접거나 밑줄을 그어둔 곳도 서로 조금씩 달랐다. 그게 어떤 기준에서였는지를 알아차린 것은 고동색 계열의 양장본 한 권을 발견했을 때였다. 그러니까 『유남구 자서전』을 중심으로 『인간 실격』과 『설국』, 『두 도시 이야기』, 『구토』, 『안나 카레니나』 같은 고전뿐만 아니라 내가 읽은 거의 모든 도서들이 꽂혀 있었던 것이다. 심지어 『당신과 다른 나』의 초고를 제본해놓은 것도 있었다. 자리에 맞지 않게 손도끼한 자루도 있었는데 단편 분량의 문서가 그 아래에 놓여 있었다. 나는 떨리는 손으로 조심스럽게 그것을 빼내들었다. 정말, 유제호가 쓸 수 있다고? 무릎이 후들거렸다. 내가 쓰게 될 그 모든 걸? 그러나 그 소설은 전혀 뜻밖의 문장으로 시작하고 있었다.

유제호의 『당신과 다른 나』를 읽은 것은 알라딘 미리보기에서였는데 딱히 구매 의사가 있었던 것은 아니고, 다만 이토록 유난스럽게 세간의 주목을 받고 있는 이유가 궁금했을 뿐이다.

결국 버티지 못하고 바닥에 주저앉은 채로 나는 계속해서 읽어나갔다. 그것은 분명 내가 쓴 문장들은 아니었으나 나라고 할 수밖에 없는 것들로 채워져 있었다. 유제호에게 메일을 보낸 뒤에 "일부로 아니고 일부러! 함부러 아니고 함부로!" 소리를 지르는 장면도 있었다. 그리고 그 소설의 마지막은 이렇게 끝이 났다.

집 안에서 유일하게 잠겨 있던 방문을 손도끼로 부수고 들어가자 잠든 듯 누워 있는 유제호가 보였다. 나는 서둘러 그의 몸 위로 뛰어오른 후 제압했다. 그러나 아무런 저항도 없었다.

여전히 감긴 그의 눈을 노려보았다. 도끼를 쥔 손에 힘이 들어갔다. 그러고는 남의 문장이나 훔쳐대는 유제호의 오른손을 붙잡았다. 아니, 허락도 없이 엿보는 그의 눈을 향해 도끼를 치켜들었다. 그것도 아니라면 생각하는 머리 쪽을 후려쳐야 하나. 무엇이든 좋았다. 유제호에게는 크고 화려한 서가가 있었으니까. 함부로 자신의 책장을 들치지 말 것. 그리고 이 도끼를 휘두르기만 한다면 그것 모두, 내가 될 수 있었다.

나는 읽던 것을 집어던지고 서가를 빠져나왔다. 말도 안 되는 소리라고 여기면서도 제대로 걷지는 못했다. 허둥지둥 정원을 가로질러 들어왔던 현관문 앞에 이르렀을 때에서야 나는 걸음을 멈출 수밖에 없었다. 그보다 더 무서운 결말이 떠올랐기 때문이다. 그러니까 유제호가 정말 거기 누워 있는 거라면? 실은 유제호인 척 내게 메일을 보내 유도한 것이라면? 누군가 유제호를 미리 살해하고 내게 덮어씌우려는 목적에서라면? 주인 없는 빈집이었다. 이곳저곳 돌아다니며 만지고 두드려보던 것들이 생각났다. 이 집 안에는 온통 내 지문이 묻어 있었다. 경찰이 들이닥치고 나는 붙잡힐 것이고 허락도 없이 거길 왜 들어갔느냐고 묻는다면?
"우연히 그렇게 됐습니다."
그게 아니면, 도대체 뭐라 설명할 수 있겠나. 무얼 말해도 아무도 믿어주지 않을 텐데. 나는 도로 집 안으로 들어가 열리지 않는 문부터 찾기 시작했다. 비로소 그것을 발견했을 때, 내 손엔 이미 손도끼가 들려 있었다. 순간, 눈물이 났다. 괜한 일에 휘말려서 인생을 망칠 수도 있다는 생각에 모든 게 다 허망하고 억울했다. 아니다, 이럴 때일수록 냉정해지자, 다짐했으나 쏟아지는 눈물은 어쩔 수 없었다. 이성적으로 생각하자. 그래, 어쩌다 이렇게 됐는지 하나씩 차근차근 이해해보자. 이런 결과를 만든 원인을 찾아보자. 인과적으로. 그래, 인과적으로 생각해야 한다. 도대체 왜 나한테 이런 일들이 생겼나? 문을 열었는데 진짜 유제호의 시체가 누워 있으면 어떡하나? 그러니까 내가 어쩌다가 여기까지 오게 된 건가? 나를 몰락시키려는 게 다 누구 때문이야?

……

……

……

이봐?

……

묻잖아.

그래, 당신.

당신한테 지금 내가 묻잖아.

어딜 봐?

그래, 너.

너, 이 새끼야.

너라고 너!

씨발, 다 너 때문이라고!

그래서 뭐? 뭘 더 원해? 문 뒤에 뭐가 있었느냐고? 문을 열기는 한 거냐고? 네가 더 잘 알고 있잖아. 뭐라 생각하는데? 유제호의 손목을 내려쳤을까? 아니면 발목이었을까? 그것도 아니라면 내 손목일지도 모른다. 도끼를 들고 문 앞에 선 나는 어떤 사람인가. 유제호를 죽인 진짜 살인범일까, 아니면 다만 나쁜 상황에 휘말린 억울한 희생자일까. 듣고 싶은 게 뭐야? 책장에서 가장 손을 많이 탄 한 권을 꺼내 마지막 장을 펼쳐보면 거기에 뭐라 적혀 있는지, 당신이 무얼 읽어왔는지, 지금 바라는 게 무엇인지에 따라 결정될 그것.

『트릭』

차현지

차현지는 1987년 서울에서 태어났다. 2011년 〈서울신문〉 신춘문예로 등단했다.

엄지를 매만지는 건 도의 오랜 습관이었다. 어떤 생각에 깊숙이 골몰할 때, 또는 아무 생각도 하지 않을 때, 잠결에, 자다 깬 직후에, 대화를 나누는 도중에, 아무하고도 대화를 나누지 않을 때도 도의 검지는 엄지 표면에 닿아 있었다. 다른 사람들이 다리를 떨거나 손톱 거스러미를 뜯고 정수리를 긁거나 발목을 돌리듯이 도는 엄지를 만졌다.

엄지를 만지는 게 자신의 버릇이라고 처음 자각한 것은 아홉 살 때의 일이었다. 밭일을 나간 조부를 기다리며 그는 툇마루에 앉아 있었다. 장대비가 쏟아지는 탓에 황급히 마당에 늘어놓은 고추를 거둬들이는 조모와 어머니가 보였다. 어머니가 창고에 고추 더미를 옮겨놓는 동안 도는 검지로 엄지를 비비고 있었다. 그러다가는 손바닥을 열고 엄지손가락의 표면을 들여다봤다. 엄지에는 길고 가느다란 선들이 빙글빙글 타원형으로 새겨져 있었다. 그건 엄지뿐 아니라 양쪽 손가락 전부에 드리워져 있었다. 지문이었다. 누구도 그것이 지문이라고 가르쳐주지 않았으므로 도는 그때 처음 지문의 존재를 알았다. 지문은 밑동이 굵은 나무를 베면 드러나는 나이테처럼 보였다. 지문이 지문이고, 나이테가 나이테라는 걸 몰랐던 어린 그는 생각했다. 나무한테 있는 주름이 나에게도 있네. 도는 그 얇고 가느다란 주름들을 만질 때마다 느껴지는 촉감이 좋았다.

그런 그의 주름이 사라졌다. 피부가 얇아져서일까, 아니면 닳아버린 걸까. 아무리 만져봐도 도통 지문의 촉감이 느껴지지 않았다. 돋보기를 끼고 본다 한들 그의 시력으로는 세밀하고 촘촘한 선들이 보일 리 없었다. 도는 빨간 인주를 엄지에 묻혀 지장을 찍었다. 선명하진 않지만 군데군데 등고선처럼 보이는 지문이 찍혀 나왔다. 버릇도 기억을 잃는구나. 도는 생각했다.

얼굴에 쌓여가는 주름만큼 천천히 지문을 잃어가던 도는 극심한 우울에 빠졌다. 빠졌다는 건 그의 표현이었다. 우울이란 눈에 보이지 않는 식인식물 같아서 사는 내내 삶을 위협하고 정상적인 사고와 행위를 방해한다고, 극도로 조심하지 않으면 금세 아귀를 벌리고 찾아와 육신을 야금야금 삼켜버린다고 도는 생각했다. 그의 말에 의하면 우울은 마치 북유럽 신화 속에 등장하는 무척이나 위협적이고 공포스러운 마귀와도 같았다. 넋을 빼놓는다는 점에서 마귀의 달콤한 속삭임과 비슷하지. 그래서 무서운 거야. 한번 빠지면 헤어 나올 수가 없거든.

도에게는 그런 증세로 고통스럽게 살다 간 친구들이 있었다. 때가 돼서 죽은 사람도 있지만 아직 죽기에는 너무 아쉬운데, 싶은 사람들이 더 많았다. 그들의 죽음 끝에는, 아니 삶의 끝에는 우울이 거대한 뿌리를 내린 채 그들을 옭아매고 있었다. 죽은 이들의 장례식을 다녀올 때마다 도는 살아생전 그들의 납득하기 힘든 방만한 일상과 기행에 가까운 모습들을 기억해냈다. 그리고 그것들을 담담하게 주워 담았다. 그는 숙련된 태도로 감정을 다스렸다. 언젠가부터 그는 어떤 이의 죽음에도 흥분하거나 경직되지 않았다. 다만 차분해질 필요가 있었다. 그의 직업은 찬란한 시절을 함께 보낸 친구들의 마지막을 정리해주는 일이었다.

처음은 일본 유학 시절 가깝게 지냈던 H였다. 서른이 가까운 나이에 요절한 그는 우키요에와 민화의 특성을 조합해 특유의 유머러스하면서도 서글픈 정서를 잘 드러낸 회화로 미술계에서 각광을 받았다. 이른 죽음은 곧 그에게 특이점을 부여했다. 그가 죽고 몇 해가 지나자, 그의 작품에 대한 세간의 평가와 주목 역시 두드러졌다. 때마다 그를 기리는 유고전과 특별 기획전이 열렸고 미술에 별 관심이 없는 대중들도 아, 그 사람, 이라 할 정도로 H는 유명해졌다. 도는 그와 함께 보냈던 유학 생활을 떠올렸다. 스물여섯 살의 그는 같은 클래스의 여학생을 짝사랑했고 때때로 생활비가 없어 울적해했다. 간혹 작품의 모티프에 대해 고심했고 종종 어떤 선택들을 후회했다. 어렸고 심약했고 두려워했다. 도가 기억하는 H는 그랬다.

친구의 이름 앞에 '천재 요절 화가'라는 수식이 붙은 지 얼마 되지 않아 출판사로부터 의뢰가 왔다. H의 학부 시절 전공 교수였던 B가 그의 전기를 내고 싶다는 거였다. B의 부름에 모 대학 학장실을 찾아간 도는 출판사 관계자와 그가 하는 대화를 유심히 들었다. 시대는 매번 새로운 인물을 요구합니다. 영웅 아니면 기인이 필요한 법이죠. 출판사의 편집장이라는 사람은 H의 생애를 책이라는 물성으로 남겼을 때 발생하는 문화예술적 가치, '요절'이라는 코드가 끌어낼 책의 상업적 효과 등에 관해 떠들었고, 내내 엄숙한 표정을 짓던 B는 어떤 말이 끝날 때쯤에는 수긍한다는 식으로 고개를 끄덕였다.

가족들과는 얘기가 다 됐어. 잠자코 듣고 있던 B가 이내 입을 뗐다. 자네가 동경에서 함께 동고동락했다지? 글 쓰는 사람이니까 갈무리하는 건 무리 없을 거야. 도록에 살 붙이는 정도로 생각하면 돼. 작품에 대한 평론은 따로 받아둘 테니 끼워 맞추면 될 거고. 신문사에서 주관한 문예 공모전에 짧은 수필이 당선된 지 얼마 되지 않은 때라 도는 주저했다. 아무래도 이건 좀 아닌 것 같습니다, 라고 답하려는데 편집장이 원고료의 액수를 꺼내며 말을 가로챘다. 도에게는 가늠하기도 벅찰 정도로 큰 금액이었다. 도는 주저했다. 이번에는 다른 선택에 대한 주저였다. 능수능란하고 유려한 말솜씨의 편집장은 결정을 밀어붙이는 데 한몫했고, 국내에서 가장 명성이 높은 미대의 학과장으로 재직 중이던 B는 어쩐지 듬직해 보였다. 적어도 30대 초반이었던 당시의 도에게는 그랬다. 도는 엄지에 묻은 인주를 대충 면바지에 닦아내고는 학장실을 빠져나왔다.

도는 지폐가 가득한 현금 봉투를 재킷 안주머니에 깊숙이 집어넣었다. 퇴근하는 사람들로 빽빽한 버스 안에서 도는 H를 떠올렸다. 그는 스스로 목숨을 끊었다. 생활고를 버티지 못해 죽었다고 사람들은 알고 있었지만 그는 짝사랑하던 여학생의 결혼 소식을 접한 지 채 보름이 되기 전에 자살했다. 여자는 H 말고도 두어 명의 남자를 더 만나고 있었고 그중에서 가장 안전한 남자를 선택했다. 그뿐이었다. 살다 보면 지극히 별것 아닌 일들이 어떤 시기에는 자신의 몸통을 전부 갉아먹는 것처럼 지독해진다. 그 지독한 시기를 어떻게든 꾸역꾸역 앓고 넘기고 버티는 게 삶을 연장하는 방법 중 하나라고 도는 생각했다. 지독한 시기를 버티는 방법은 이겨내는 게 아니라 참아내는 것이었다.

H의 죽음 이후로 도는 '극복'이라는 단어를 혐오했다. 무엇을 극복한단 말인가? H는 두려워했다. 무엇을, 세상을. H는 섬약했다. 왜, 어렸으니까. H에게 세상은 결코 소화될 수 없는 사건과 장면들의 연속이었다. 한 끗만 참았더라면. 한편으로는 질투 비슷한 희한한 감정도 들었다. 환경이 엇비슷했던 H가 도저히 감당할 수 없어 저버리고 만 세상의 무게. 도는 그 압도적인 무게감을 측량할 수도, 짐작할 수도 없었다. 어쩌면 H의

세포와 신경은 도가 파악할 수 없는 소립자 단위까지 감각하고 있던 건지도 몰랐다. 한동안 도는 그런 이상한 감정 속에 있었고 그 감정으로 인해 자신이 더럽혀지고 있다는 느낌을 받았다.

당시 도가 살던 자취방에는 H가 선물로 준 작품이 세 점 있었다. 회화 두 점과 드로잉 한 점이었다. 액자도 따로 없이 캔버스만 줄줄이 벽의 한쪽 면을 차지하고 있었다. 낙서에 가까운 드로잉 귀퉁이에는 H가 직접 쓴 문장이 두어 줄 적혀 있었다. '잊어버리지 말자. 잃어버리지 말자.' 드로잉을 선물로 받았을 때 도는 그 문장이 다소 뜬금없게 느껴졌고, 이내 H의 치기쯤으로 해석했다. 일기장 서두에 적어두는 느닷없는 말들. 욕심을 버리자, 몰입하자, 집중하자 따위와 같은. 어쩌다 보니 드로잉에 적힌 두서없는 글은 유고의 문장들로 바뀌었고, 죽은 자가 남긴 중요한 육필이 되었다.

H의 전기는 편집장의 말대로 완벽한 성공을 거두었다. 그의 작품과 생애를 연구하는 가장 믿음직한 사료로써 활용되었고, 매체에서 H가 거론될 때마다 책의 판매율은 급증했다. 도가 유망한 전기 작가로 자리매김할 수 있었던 데는 그 전기의 공이 컸다. 무명 화가의 고단했던 젊은 시절을 지켜본 문필가. 일본 유학 시절 함께 어울리던 친구들과 도는 어느덧 천재 예술가 집단의 일원으로 변모했다. 그래봤자 서로의 자취방을 드나들면서 쌀 품앗이를 하고, 간간이 술을 마시며 시시껄렁한 농담이나 치고받던, 그렇고 그런 또래들이었다. 유럽 게

네는 뭐 다르냐. 살롱에 모여서는 어느 부인을 꼬셔볼까, 그러고 있었지 뭐. 한국인 최초로 파리 8구에 있는 건물을 리모델링해 화제가 된 건축가 J가 말했다. 실제로 도와 그의 친구들은 유명해졌다. 국내에서는 건축, 설치미술, 비디오아트, 무용 등 여러 예술 분야에서 꽤나 명망을 얻었다. 예술적인 무드가 팽배했던 시대와 맞물려 청춘을 통과한 그들은 분명 행운아들이었다. 국내의 사회적 기반이 탄탄해질 무렵에는 이미 중진 자리를 꿰차고 약진하고 있었다. 이제는 전설이 되어 원로 격의 대우를 받는 그들 중에 현재까지 생존해 있는 사람은 도와 건축가 J, 그리고 죽은 바이올리니스트의 부인까지 딱 셋이었다. 나머지는 H처럼 일찍 죽었거나 살 만큼 살고 때가 되어 죽었다.

달라진 건 아무것도 없었다. 도는 쓰는 생활을 여지없이 지속했다. 다만 써야 하는 대상이 정해진 것, 그리고 그것이 허구가 아닌 실재한 인물의 일대기라는 것만 조금 달라졌을 뿐.

올해 여든 번째 생일을 맞은 도는 마지막 작업을 결정했다. 자신의 전기를 쓰는 일이었다.

*

도가 사는 단독주택은 산등성이 중턱에 있는 언덕길에 위치해 있었다. 제때 제설 작업이 이루어지지 않아서인지 가파른 언덕길은 전부 빙판으로 덮여 있었다. 한파가 찾아들고 폭설이 내리기 시작한 후로 그는 외출을 하는 것이 다소 힘겹게 느껴졌다. 내복을 두 겹이나 입고 손자의 약혼녀가 직접 짠 스웨터를 걸치고 양모로 된 양말을 신고 있어도 추웠다. 뼛속에 들어찬 바람이 나갈 생각을 않는 것 같았다. 때때로 그는 짝이 다른 양말을 신기도 했는데 도우미 아주머니가 그 모습을 지켜봤지만 굳이 지적하지는 않았다. 눈이 침침한 노인에게 감청색과 청람색의 차이를 알려주는 게 무슨 필요가 있겠느냐고 그녀는 말했다.

한 달째 그는 집 밖으로 나오지 않았다. 이따금 환기가 필요할 땐 현관문을 열고 작은 마당을 들여다보는 것으로 대신했다. 종일 집 안에 머물며 한 일은 때에 따라 침실과 서재, 거실과 화장실을 옮겨 다니며 책을 읽거나 낮잠을 자고 도우미 아주머니와 간단한 대화를 나누는 정도였다.

도는 갈수록 체력의 한계를 느끼고 있었다. 손목이 약해졌는지 들고 있던 잔을 놓치거나 책을 꺼내다가 떨어트리는 일이 빈번하게 발생했다. 관절이 시큰거리는 횟수나 수치도 과거와는 차원이 달랐다. 이전에는 갑자기 힘을 주거나 무거운 물건을 들어 올릴 때 통증이 느껴졌다면 이제는 누워만 있어도 온몸의 뼈마디가 참을 수 없이 욱신거렸다. 다행히 수술을 해야 할 만큼 심각한 질환은 아니라고 주치의는 말했지만 그렇다고 통증이 사그라드는 건 아니었다. 소화기관이 약해지고 깊이 못 자는 건 노화의 경미한 증상이었고, 도는 그쯤은 무난하게 받아들일 수 있었다. 도가 염려하는 건 신체적 퇴화 현상이라기보다는 정신적인 오류나 착오의 문제였다. 이를테면 자고 일어나서 양치질을 했는지 안 했는지를 까먹는, 지극히 사소한 건망증 같은 것들. 그건 제법 도의 신경을 거슬리게 했다. 노화로 인해 발생하는 증상에는 치매 역시 동반된다. 치매를 극도로 두려워하던 도는 잠에서 깨어나 다시 잠이 들 때까지 매일 정해진 목록을 확인하며 일정을 수행하는 습관을 들였다.

목록을 만들게 된 건 작년부터였다. 목요일이었고, 저녁에는 손자의 공연을 보러 가기로 했다. 오후 8시에 있을 공연에 가기 위해 한 시간 전인 7시에 택시를 불러야 했다. 교통수단 없이 경사가 높은 언덕길을 걸어 내려가는 건 노인에게는 무척이나 위험한 행동이었다. 도는 직접 차를 몰지도 않았고, 지인이 집까지 데려다준다고 해도 폐를 끼치는 게 싫어 한사코 거절했다. 대신 일정이 있을 때마다 택시를 불렀다.

그는 20년이 넘게 한 택시 회사만을 이용하면서 자신을 태우러 온 택시 기사들의 이름은 물론 그들이 사는 지역, 가족 관계, 자식이 나온 학교나 직업 같은 자잘한 정보까지 모조리 꿰고 있었다. 만나는 사람들을 모두 각별하게 대하는 건 아니었지만 적어도 택시 기사들에게는 그렇게 했다. 아무리 돈을 지불한다고 할지라도 집 앞까지 찾아와 목적지까지 데려다주는 수고를 해주는 그들에게 도는 진심으로 고마워했다. 택시 기사들 또한 시대의 석학으로 신문이나 텔레비전에서 스쳐본 그를 반가워했다. 택시 회사의 사장은 특별히 그의 콜을 따로 관리하라는 지시를 내리기도 했다.

자주 가는 동네, 거리, 식당, 찻집을 정해두고 관성적으로 그 장소만을 찾는 건 취향과 나이가 확고해진 사람들에게서 쉽게 파악되는 성향이었고, 도 역시 그런 사람들 중 하나였다. 도의 손자는 늙은이 티 내지 말라며 농담조로 구박하곤 했지만 그는 어쩔 수 없는 노인이었다. 잘 알고, 익숙한 게 좋은. 미숙함을 드러내기에는 얼굴에 쌓인 주름이 너무 촘촘해진 나이. 그런데 매번 부르는 택시 회사의 전화번호가 갑작스레 떠오르질 않자, 그는 덜컥 겁이 났다. 전화번호 따위를 까먹는 건 보통 사람들도 종종 겪는 일이었지만 도에게는 제법 크게 느껴졌다. 그는 평생 자신이 집적한 기억들로 삶을 꾸려왔다고 믿는 사람이었다.

잘 알고 있다고 자인하던 것들이 하나둘 어긋나기 시작했다. 한 번도 경험해본 적 없는 아득함이었다. 수화기를 들면 습관적으로 손가락이 먼저 기억하던 일곱 개의 숫자들이 보이지 않는 경계 너머에서 계속 움직이고 있는 기분이었다. 이마 속 어딘가, 관자놀이 뒤편, 시신경 안쪽에 숫자들이 숨어 있는 것만 같았다. 도는 미간을 찌푸린 채 수화기를 붙잡고 서 있었다. 전화기 옆에 놓인 메모장을 들춰보면 금방 알 수 있었을 테지만 그는 그저 한참을 서 있기만 했다. 그러다가는 문득 내가 왜 수화기를 붙들고 서 있는 거지? 하는 생각이 들었다. 젊은 시절부터 건망증이 심했던 아내가 자주 하던 행동이었다. 차분하게 생각해봐. 당황하는 아내에게 도는 말했다. 기억을 무슨 수로 생각해. 기억은 그냥 떠오르는 거지. 거긴 내가 절대 못 들어가는 영역이라고. 아내는 신경질적으로 반응했다. 도는 이제야 아내의 말에 공감이 갔다. 절대로 차분해질 수가 없었겠군. 아내는 6년 동안 치매를 앓았다. 그리고 작년 겨울, 도의 생일을 이틀 앞두고 죽었다. 때마침 손자에게서 전화가 왔고 도는 비로소 아내에 대한 생각을 떨칠 수 있었다.

사소한 망각은 이후로도 계속해서 그를 괴롭혔다. 일상의 범주 바깥에 놓인 기억이라기보다는 지극히 생활과 밀접한 것들이었다. 양치질을 했는지 확인하기 위해서는 매번 손끝으로 칫솔모를 만져봐야 했다. 칫솔모가 젖지 않았다면 곧장 치약을 짜 이를 닦았고, 젖어 있다면 칫솔을 다시 꽂아두고 화장실을 나왔다. 목록의 첫 번째는 양치질을 한다, 가 아니라 칫솔을 확인한다, 였다. 도는 매일 주어진 목록에 줄을 그으며 해야 할 일들을 해나갔다. 특정한 업무도 아닌 습관적인 행동들을 체크하는 게 여간 귀찮고 또 은근히 자존심이 상했지만 별수 없는 노릇이었다. 가끔 자신이 느끼는 모종의 감정들에 대해 털어놓고 싶었지만 그건 또 그거대로 쓸쓸했다. 들어줄 사람이 있어도 공감할 리 만무했고, 무릎을 치며 공감할 치들은 요양 시설에 들어갔거나 이미 그의 곁을 떠나고 없었다. 그럴 때마다 도는 외로워졌다. 아내가 죽고 나서도 그다지 크게 느껴본 적 없는 감정이었다. 타인의 죽음 앞에서 늘 의연하게 처신했던 그였다. 늙는다는 건 아둔해지는 거구나. 밋밋해진 엄지를 비비며 도는 생각했다.

　어떤 이의 시간을, 하루를, 절기와 시대를 켜켜이 쌓아 올리는 일. 어떤 이가 회고하는 지난날을 차곡차곡 담아 물성으로 확보하는 일. 도가 평생을 바쳐 일구어낸 작업이었다. 자서전 대필부터 시작해 유명인들의 평전과 회고록은 물론, 명사들의 인터뷰 시리즈를 출간한 그는 독보적인 전기 작가로 이름을 알렸다. 특히 인터뷰 시리즈는 공전의 히트를 하며 발간될 때마다 베스트셀러가 되었다. 그는 시와 소설 같은 순수문학을 업으로 삼는 작가들에 비해 전기 작가의 입지나 존재감이 현저히 떨어진다는 점을 안타깝게 여겼다. 이후 도는 전기 작가 협회를 창설하고, 작가 양성 프로그램인 '바이오그래퍼스'를 만들어 직접 작가 양성에 나서기도 했다.

　"숱한 소설가들이 전기 작가의 삶을 살았습니다. 그것이 허구든 실재든 뭐가 중요한가요? 사람들은 그저 이야기가 필요할 뿐입니다. 이야기의 주인공이 실재 인물이라고 해서 마냥 신변잡기나 가십으로 취급해서는 곤란하지요. 50년을 함께 산 부부를 떠올려봅시다. 서른에 만나 임종 직전까지 남편의 곁을 지킨 아내가 있습니다. 아내가 곧 남편이라는 연대기의 평전이자 사가와 다름없지 않겠습니까? 타인의 기억에 내가 혼재해 있고, 또 나의 기억에 타인이 살아 숨 쉬고 있습니다. 그것이 전기가 아니고 뭐란 말입니까? 우리는 모두 타인의 전기가 되어 살고 있습니다. 이름 없는 사람들의 전기를 집필했던 버지니아 울프는『올랜도』라는 작품에 이렇게 썼습니다. 한 인간은 수천 개의 자아를 갖고 있지만, 그 가운데 예닐곱 개만이라도 해명할 수 있다면 완전한 자서전을 쓸 수 있을 것이라고. 여러분들이 곧 사랑하는 사람의 또 다른 자아입니다. 당신들은 이미 전기를 쓰고 있는 것입니다. 지금 이 순간에도 말이죠."

전기에 관한 산문집『모두가 이미 타인의 전기』의 출간을 기념하며 열린 전기 작가 포럼에서 도가 한 연설이었다. 도시 외곽에 있는 요양 병원에 아내를 맡겨둔 지 3주가 채 안 되어 참석한 공식적인 자리였다. 그의 아들은 오지 않았고 손자만 참석했다.

행사가 끝나고 출판사 관계자와 프로그램의 수료생들, 그리고 팬들이 축하 인사를 건네는 동안 손자는 행사장 바깥에서 도를 기다렸다. 꽃다발을 한 아름 들고 집으로 돌아가는 택시 안에서 도는 조용히 손자의 손을 그러잡았다. 손자는 말이 없었다. 아무 말이 없었기 때문에 도는 손자의 기분을 짐작할 수 있었다. 제삼세계 음악만을 트는 라디오 채널에서 리드미컬한 민속 타악기 소리가 작게 흘러나올 뿐 택시 내부는 고요했다. 유리창에 눈송이가 하나둘 맺혔다. 눈이 오네. 도가 나지막이 말했다. 손자는 그제야 고개를 들어 창밖을 보았다. 자고 가. 됐어. 혼자 있으려니까 집이 너무 크다. 그러게 왜……. 손자가 격앙된 목소리로 말을 잇다 말고는 이내 멈추었다. 그러고는 짙게 한숨을 내뱉었다. 50년을 함께 산 부부, 같은 말은 안 하는 게 좋았겠어. 뒤이어 손자가 말했다.

　도는 아들과는 사이가 좋지 않았지만 손자에게는 꽤 다정한 할아버지였다. 처음 손자에게 어린이용 마술 키트를 선물해준 사람도 그였다. 자라는 동안 손자가 수십 차례 꿈을 바꿀 때마다 도는 전폭적인 지지를 해주었다. 배관공, 목수, 요리사, 트럭 운전사, 홈쇼핑 모델, 파일럿, 벌목공, 개그맨, 종이접기 장인, 식물학자, 연극배우……. 수많은 진로를 뒤로하고 손자가 선택한 꿈은 마술사였다.

　마술사가 되겠다고 선언한 후로 아들과 손자의 관계는 급격하게 나빠졌다. 지나치게 현실적인 아들은 자식의 꿈을 납득할 수 없었다. 처음에는 저러다 말겠지 싶어 딱히 간섭을 하지 않았다. 그러나 손자가 대학 진학을 포기하고 유명 마술사가 이끄는 크루에 들어가겠다며 의지를 내보이자 아들의 반응 또한 거세졌다. 도피 유학, 절연 따위의 말들이 오가며 지난한 싸움이 계속되던 어느 날, 도를 찾아온 손자는 자신이 익혀온 마술을 하나씩 선보였다.

　카드를 한 장 집으세요. 어떤 카드인지 외우셨나요? 다시 이 카드들 속으로 넣어주세요. 본인이 집었던 카드가 스페이드 식스, 맞으시죠?

　단순한 트릭이 숨겨진 마술이었지만 손자는 계속해서 실수를 했다. 같은 마술을 몇 번이고 다시 반복했다. 손자의 이마 언저리에 땀방울이 맺히기 시작했다. 자신 있게 준비했던 멘

트도 점점 성의 없는 어조를 띠었다. 도는 어린 손자에게 배드민턴을 가르쳐주던 때가 떠올라 웃음이 났다.

바람이 세차게 불던 밤이었다. 손자의 서브 차례였지만 셔틀콕은 네트를 넘지 못하고 빙그르르 떨어졌다. 하이 서브에 익숙하던 손자는 셔틀콕을 높이 던지고는 자꾸 애먼 허공에 라켓을 휘둘렀다. 셔틀콕을 낮게 두고 쳐봐. 네트 가까이 와서 해봐. 괜찮으니 다시 해. 도는 같은 실수를 반복하는 손자를 잠자코 기다려주었다. 에이씨, 안 해. 손자는 결국 라켓을 집어던졌다. 그러고는 바닥에 엎어져 울기 시작했다. 도는 손자의 무릎에 묻은 모래를 털어내고 그를 일으켜 세웠다. 죽기 직전까지 하는 게 실수야. 그런 걸로 화내면 못써. 아무리 달래줘도 분이 안 풀리는지 손자는 딸꾹질까지 해가며 울다가 지쳐 잠이 들었다. 손자를 업고 아들의 집에 도착한 도는 손자의 턱 끝까지 이불보를 올려주고는 방을 나왔다. 거실에 있던 아들이 가계부에 영수증을 붙이며 말했다. 포기를 먼저 배워야 두 발 뻗고 살 텐데, 저놈은 누굴 닮아 저러는지.

구시렁거리는 아들을 얼마간 바라보던 도는 문득 그날 오후에 D와 나누었던 대화를 떠올렸다. 촉망받는 신경학도였다가 트라우마 관련 상담 치료사로 전향해 인기몰이를 하던 D의 회고록 집필에 몰두하던 시기였다. 성인이 된 이후에도 부모를 향한 증오가 해소되기는커녕 날이 갈수록 증폭되는 환자들의 치료 방법을 연구하던 D는 한 사람의 성격을 이루는데 유전자가 관여하는 비율이 절반 가까이에 육박한다는 성격 유전 이론에 대해 얘기했다. 영원히 변하지 않는 성격이 있다고 가정했을 때, 그 영속적인 속성은 결국 디엔에이에 기인한다고 보는 것이 생물학의 특질 이론이죠. 반대로 말하면 자식의 기질에 부모가 끼치는 영향이란 건 그래봐야 절반에 불과하다는 뜻이기도 해요. 그럼에도 아픈 사람이 차고 넘치니……. 나머지 반은 온전히 본인 몫인데 평생을 부모에게 끌려다니죠. 사실 그건 부모 탓이 아니에요. 부모에 대한 본인의 기억 때문이지. 뒤이어 D는 트라우마에 관한 이야기를 장황하게 덧붙였다. 결국 기억 탓이구나. 도는 생각했다.

*

마술은 실수가 결코 용납되지 않는 영역이다. 관객들 앞에서 순간적으로 멘트를 까먹거나, 연습 부족으로 손이 굳은 나머지 행동이 굼떠 보이거나, 여차해서 트릭이 탄로 나는 일은 있어서는 안 된다. 특히 스테이지 공연이 아닌, 관객과의 거리가 매우 가까운 클로즈업 쇼일 경우에는 기술을 충분히 익히지 않으면 금세 관객의 표정이 바뀐다. 마술사가 내뱉는 호흡만으로도 관객들은 쇼가 진짜인지 가짜인지 알아챈다. 마술은 개연성이 아닌 핍진성의 세계다. 마술사가 뻔뻔할수록 관객들은 쇼에 빠져들고, 조금이라도 자신 없는 모습을 보이면 애개, 하며 바로 돌아선다.

손자는 마술이라는 완벽한 허구 속으로 들어가길 원했다.

거짓인 걸 알면서도 매혹되고 마는 완벽한 능청의 안쪽으로. 사는 게 시시하기만 한 사람들이 모여들어 신기루 같은 판타지를 목도하고 체험하려는 갈망. 그것이 손자를 설레게 했다. 카드를 한 장 집으세요. 어떤 카드인지 외우셨나요? 다시 이 카드들 속으로 넣어주세요. 쇼가 진행되는 동안 관객들의 행위는 마술사의 지시를 통해서만 이루어졌다. 손자는 그것이 좋았다. 보이지 않는 것들을 기어이 믿게 만드는 능력. 손자가 가장 존경하고 따르는 형이자 크루의 수장인 Q는 그런 재간이 출중한 사람이었다. 손자는 Q의 쇼를 볼 때마다 신기함을 넘어선 신비함을 느끼곤 했다. 손자에게 Q는 그 자체로 마술이자 홀로그램이었다. 그가 이끄는 크루에 들어간 까닭도 그 때문이었다. 손자는 Q가 되고 싶었다.

크루의 일원이 되고 몇 해가 지났을까. 손자에게 Q는 더 이상 삼차원 홀로그램이 아니었다. Q는 다른 사람들처럼 별것 아닌 일에 성질을 내거나 너무나 하찮은 일에 집착했고, 저래도 되나 싶을 정도로 방만했으며, 일이 계획대로 진행되지 않으면 족족 푸념을 달고 살았다. 그에게서 확인할 수 있었던 매끈함과 선명함, 완전한 확신 따위가 더는 보이지 않았다. 무대 위에서는 그가 말하는 모든 것이 말끔하게 이루어졌지만 바깥에서는 달랐다. 출연료를 높이기 위해 크고 작은 술수를 썼고, 대기실에서는 줄곧 오만한 행동으로 스태프들의 기분을 언짢게 했다. 아무리 근사한 마술이라 해도 지근거리에서 계속 보게 되면 뻔히 수가 보이고 들키기 마련이다. 이거야말로 진짜 속임수잖아. 실은 Q가 속였다기보다는 자신이 헛것을 본 걸지도 모른다고 손자는 생각했다. 참담한 기분이었다.

낙심한 손자는 도에게 찾아와 투정을 부렸다. 실제 모습은 정말 엉망이더라고. 그딴 건 안 보는 게 좋을 뻔했어. 손자는 자꾸만 차오르는 실망감을 해소할 방법이 없다고 하소연했다. 조만간 결혼을 앞둔 손자에게 도는 말했다. 100일 중에 99일이 엉망이야. 딱 하루만 그럴싸한 사건들이 생기는 거지. 잠자코 듣고 있던 손자가 이윽고 입을 열었다.

그 하루도 없으면 어떻게 해?

무슨 소리냐?

그럴싸한 하루가 있으면 나머지 99일이 엉망이어도 괜찮다는 거잖아. 근데 100일 내내 엉망이면 그땐 어떡하냐고.

말이 되는 소릴 해라.

전기나 자기계발서나 똑같아. 시련을 딛고 이겨낸 극복의 아이콘들 천지야. 할아버지도 거기 일조하셨고.

손자는 비아냥거리듯 말을 뱉었다. 도는 신경이 거슬렸지만 차분하게 응대했다.

네가 보려고 하지 않는 게 진짜 인생이야. 실수에 발이 빠지고 수습하느라 엉망인 날들 말이다.

그건 트릭이야. 작은 실수를 굳이 드러내서 엄청난 실패로 포장하고, 그래서 성공을 더 돋보이게 만드는 거잖아. 그런 게 진짜 인생이라고?

두 사람 사이에 일순 냉기가 돌았다. 도는 한 대 얻어맞은 사람처럼 멀거니 손자를 바라보았다. 손자는 이내 화제를 돌리기 위해 연말에 있을 공연 초대장을 꺼냈다. 손자가 처음으로 서는 단독 스테이지 쇼였다.

그날 프러포즈할 거야. 결혼식 전에 안 하면 평생 꼬투리 잡힌다니까 뭐.

툴툴거리며 말했지만 손자의 표정은 무척이나 밝았다.

손자는 지난 1년간 지방 곳곳을 순회하며 지역 행사에 참여하고 어린이 마술 학교를 운영했다. 크루의 막내들이 줄곧 맡아오던 일이었다. 하계 프로그램이 끝나면 단독 쇼를 런칭해 주겠다는 Q의 말에 손자는 묵묵히 고된 업무를 수행했다. 공연 일정에 맞춰 결혼식 날짜도 미뤘다. 데뷔 무대를 성공적으로 마치면 그의 미래는 탄탄대로였다. 크루의 내년 계획에는 대만과 홍콩, 호주에서 열리는 매직 페스티벌이 있었고, 그는 Q와 함께 그곳에 참가할 예정이었다. 이미 외국에서도 스타 마술사로 명성이 높은 Q와 함께 쇼에 선다면 이름을 알리는 절호의 기회가 될 수 있었다. 단독 공연을 매진시킨다면 출연료도 지금보다 서너 배는 높게 책정될 것이었다.

실수를 할지도 모른다는 불안감이 엄습할 때마다 손자는 지독하게 연습에 매진했다. 무엇보다도 그는 자신이 있었다. 데뷔 무대와 결혼식, 해외 페스티벌. 앞으로 펼쳐질 그의 미래는 희망으로 가득 차 보였다. 단, 공연을 성공적으로 마친다는 전제하에.

2천 석 규모의 대공연장에서 열릴 단독 쇼의 홍보 카피는 '신기함을 넘어선 신비함의 세계로 당신을 초대합니다!'였다. 티켓 봉투에 적힌 문구를 뚫어져라 쳐다보던 도는 갑자기 가슴이 갑갑하게 조이는 것 같은 기분을 느꼈다. 심장박동이 평소보다 빨라지기 시작했고 순식간에 셔츠의 등 부분이 식은 땀으로 흠뻑 젖어들었다. 놀란 손자가 119에 전화를 하겠다고 허둥거리자, 도는 침착하게 단순한 부정맥 증상일 거라며 되레 그를 안심시켰다.

손자를 돌려보낸 도는 쓰러지듯 흔들의자에 앉았다. 그는 지끈거리는 머리를 감싸 쥐었다. 도무지 진정이 되지 않았다. 손자의 말이 계속해서 도의 귓가를 맴돌았다. 도는 그간 써 내려간 수많은 전기를 떠올렸다. 그 연보에 의하면 실패는 두서없이 찾아왔다. 특히 모든 일이 잘되리라고 여기며 마냥 들떠 있을 때, 보이지 않는 식인식물처럼 아귀를 크게 벌리고 다가와 삶의 몸통을 갉아먹었다. 실제로 전기에 담지 않은 비화들이 무수히 많았다. 그들의 삶을 옭아매고 진창에 빠트린 사건들은 아주 짧게 언급될 뿐이었다. 영웅이든 기인이든 마냥 우울에 빠져 있어서는 안 됐다. 전기 속 인물들이 지독한 시기를 버티는 방식은 무조건 극복해내는 것이었다. 도는 극복이라면 정말이지 넌덜머리가 났다.

직업도 목표도 천차만별이던 의뢰인들은 비슷한 삶의 궤적과 리듬이 담긴 서사를 원했다. 숱한 실패와 역경을 이겨내고 얻게 된 경이로운 삶의 의지. 전기를 쓴다는 건 모래성을 쌓는 일과 같았다. 적정량의 수분을 공급해 모래 알갱이들이 잘 뭉칠 수 있도록 도와주고, 그렇게 만든 반죽을 켜켜이 쌓아 올리는 일. 그래봤자 모래성이었다. 발길질 한 번에 무참히 무너지고 마는, 그럴싸한 삶의 흔적들만 그러모아 만든 허울. 실패를 치장 삼아 성공을 극대화시키는, 진짜처럼 보이는 헛것.

도는 자신이 꾸려왔던 삶을 점검해보기 시작했다. 타인의 생을 뒤적거리며 벌어들인 돈과 명성. 친구의 자살마저 질투하던 젊은 시절. 병치레를 감당하지 못해 쫓아내듯 요양 시설에 가둔 아내. 그럴듯한 실패 없이 삶을 연명해왔다는 열패감. 했어야 할 일들을 차마 하지 못한 채 놓쳐버린 시간. 자신이 추려낸 인생의 꼭지에는 밑줄 그을 만한 게 아무것도 없었다. 그때였다. 무의식적으로 엄지를 만지던 도는 드디어 자신이 지독한 시기에 당도했다는 걸 깨달았다. 아무런 촉감도 느껴지지 않는 엄지처럼, 모든 게 둔감해져버린 시기에 비로소 안착했다는 걸.

도는 손자의 공연에 가지 않았다. 몸이 아프다는 핑계는 언제든 먹혔다. 손자는 별 무리 없이 성공적으로 데뷔 무대를 마쳤다. 약혼녀와 함께 도의 집을 찾아온 그는 그날 공연에서 있었던 작은 사고와 관객들의 찬사, 기대보다 높은 Q의 평가에 관해 상세하게 설명했다. 도는 다행이라며 손자의 이마를 쓸어주었다. 간호사인 손자의 약혼녀는 도의 안색이 좋지 않아 보인다며 병원에 갈 것을 권유했다. 도는 안 그래도 예약을 잡아두었다며 그들을 안심시켰다. 손자와 그의 약혼녀가 가고 나서 도는 짧은 낮잠을 잤다.

　잠에서 깬 도는 바이오그래퍼스 사무실에 전화를 걸어 나의 연락처를 구했다. 다짜고짜 내게 연락을 한 그는 자신의 전기를 써보지 않겠느냐고 제안했다. 2기 수료생이었던 나는 자서전 대필로 생계를 유지하고 있었다. 도와 같은 거물의 전기는 제법 구미가 당겼지만 역시나 부담스러웠다. 나의 머뭇거림을 눈치챘는지 도는 자신의 집으로 와줄 수 있겠느냐고 물었다. 나는 일단 알겠다고 대답한 뒤 전화를 끊었다.

*

　눈이 녹지 않는 날들이 이어졌다. 도는 남향으로 크게 난 창문 옆 흔들의자에 앉아 있었다. 시계를 확인하니 분침이 6에서 7로 넘어가 있었다. 말이 끊어진 지 5분이 지났다. 도우미 아주머니가 찻잔을 들고나와 도와 나 사이를 가로질렀다. 그녀의 걸음 뒤로 민트 향이 꼬리처럼 따라붙었다. 목을 축인 그가 허리를 곧추세우고는 이내 입을 열었다. 나는 다시 녹음기 버튼을 눌렀다.

　모래성을 쌓을 때 가장 중요한 조건이 뭔지 아나?

　글쎄요, 고운 모래?

　아니, 물이야.

　물이요?

　수분의 정도가 중요해. 너무 적어서 모래알이 성겨도 안 되고, 많은 나머지 질척거려도 안 돼. 적당한 수분이 모래 속에 잘 배야만 탄탄한 탑을 쌓을 수 있거든.

…….

정량의 수분을 공급하는 일. 그게 지금껏 내가 해온 일이지.

나는 녹음기의 멈춤 버튼을 누르고 물었다.

왜 저를 택하셨죠?

연신 창밖을 보고 있던 도가 내 쪽으로 고개를 돌렸다. 그러고는 나를 쳐다보았다. 나는 어색한 탓에 그의 시선을 비껴 바닥으로 고개를 떨구었다. 도는 얼마간 말이 없었다. 나는 다시 그를 쳐다보았다. 그의 눈동자는 여전히 내 쪽을 향해 있었지만 나를 보고 있는 것 같지는 않았다. 그의 눈꺼풀이 나방의 날개처럼 파르르 떨렸다. 초점이 흐려졌다가 이내 선명해졌다. 그제야 도가 말문을 이었다.

대번에 떠오른 사람이 자네였어. 다른 치들 이름을 떠올리려고 해도 도통 기억이 나야 말이지.

그게 답니까?

그게 다야.

도가 찻잔을 입에 가져다 댔다. 또다시 흐려졌다가 명료해지기를 반복하는 그의 눈동자. 기억을 끌어올리는 중인 걸까.

아, 나와 생일이 같아. 맞아, 그래서 자넬 기억하고 있었지.

말을 하는 동안 그의 엄지와 검지가 맞닿았다 떨어지기를 반복했다. 여든을 넘긴 작가의 지극히 사소한 버릇. 내 신경은 온전히 그의 엄지와 검지로 향해 있었다.

그래서 쓸 수 있겠나?

도가 물었다. 나는 천천히 고개를 끄덕였다. 그와 실제로 대화할 수 있다는 것만으로도 충분히 수락할 만한 제안이었다.

도는 전기의 제목만큼은 자신이 짓고 싶다고 말했다. 왜 직접 자서전을 쓰지 않느냐고, 사람들은 그에게 물을 것이다. 그건 그의 철칙에 위배되는 행위였다. 40년 만에 재출간된 H의 전기 서문에 도는 이렇게 적었다.

"어떤 이의 삶을 제법 긴 분량의 소설이라고 쳤을 때, 그가 남기고 싶은 문장들과 그걸 받아 적는 사람이 밑줄 그은 문장들은 각기 다를 것이다. 전기란 받아 적는 사람이 그은 밑줄들로만 재구성된 또 다른 버전의 삶이다. 삶의 진실은 타인의 동공으로 들여다볼 때 더욱 분명해진다고 믿는다."

음울한 노쇠.* 그가 지은 제목이었다.

나는 엄지를 매만지며 전기의 서문을 쓰기 시작했다.

---

* 질 들뢰즈, 『소진된 인간』

You can't wake a person who is pretending to be asleep.

— 나바호족 속담

김병운

이 소설은 2015년 봄에 쓴 짧은 이야기에서 비롯됐다. 처음에는 가볍게 써보자는 의도에서 출발했고 실제로 초고는 콩트에 가까웠다. 이야기가 거기서 끝이 났다면 더는 괴롭지 않았을 텐데 결국 소설은 다시 쓰였다. 그런데 분량이 두 배로 늘어나도 내 머릿속에서 이 소설은 가벼운 이야기 이상으로는 생각되지 않았다. 처음 출발이 그래서였을까.

그즈음에 나는 가벼운 소설과 무거운 소설에 대해서 고민하고 있었다. 나는 둘 중에 어떤 글을 쓰는 사람인지, 내가 가벼운 소설을 쓰는 사람이라면 절대 그 반대편으로는 갈 수 없는 것인지, 그런 재미없는 고민을 하며 시간을 보냈다.

그러다 가벼운 이야기라고 해서 덜 좋고, 무거운 이야기라고 해서 더 좋은 건 아니라는 생각이 들었다.

나푸름

불능의 천사는 사람이 찾지 않는 종탑의 머릿속에 있다. 불능의 천사는 나를 구해주지 않는다. 나는 불능의 천사를 사랑하고 있는 것 같다. 그러나 건방진 불능의 천사는 나를 알지 못한다. 그것이 다행처럼 여겨지기도 한다. 불능의 천사가 내가 쓴 소설을 재로 만들었으면 좋겠다. 그러나 그럴 수는 없겠지요. 하지만 그것은 얼마든지 가능한 일입니다. 그러면 좋겠다.

양선형

목하는 나와 달리 처음부터 이곳에 살았다. 목하의 세계는 서글픔과 미약함, 죄책감으로 가득 차 있었다. 내 절반은 목하와 나누고 있었기에 아무래도 괜찮은 일이라고 생각하다가도 나머지 절반은 종의 마지막을 떠올렸다. 세계는 당분간 얼마나 지속되는가. 왜 아직도 여기 남아 있나. 그런 의문을 일으킨 다음 매만지다가 내려놓으면 남은 절반, 유일하게 목하가 있었다. 목하는 언제나 그 자리에 있었다.

유재영

저는 춤을 못 춥니다. 도무지 몸을 어떻게 움직여야 하는지 잘 모르겠어요. 다른 사람들은 딱히 노력하지 않아도 음악을 들으면 몸이 저절로 움직여진다고 하는데 말이에요. 춤을 잘 추는 사람을 보면 너무 부럽습니다. 나도 그런 아름다운 것을 만들고 싶어요. 그래서 씁니다. 요즘은 글을 쓰면 관절도 없이 언어들이 삐거덕거리는 것 같습니다. 어쩌면 성장하고 있는 것일까요. 훌쩍 자라기를 기다려봅니다.

이진하

무언가를 쓴다는 게 무언가를 훔치는 것과 크게 다르지 않다는 생각을 근래 들어 자주 하게 된다. 예전에 누군가 "내가 지금 하는 모든 말들이 어쩌면 내가 이미 들었던 말은 아닐까?" 의심한 적이 있는데 기억에 오래 남았다.

또 한 번은 내가 어디서 "실은 너무 닮아서라고. 내가 가진 약한 부분이 상대방에게도 보이니까 그게 미울 수 있다고" 그런 말로 충고한 적이 있는데 얼마 뒤에 그 사람이 똑같은 말로 내게 조언해주어서 당황스러웠다.

내가 쓴 소설을 읽고 엄마가 슬퍼하지 않을까, 내가 엄마를 진짜 그렇게 생각하고 있다고 믿으면 어쩌나 걱정한 적도 있었다. 그런데도 엄마는 다 읽지도 않고 "재미없네" 덮어버려서 안심했다.

한편으로는 쓴다는 게 혼자 하는 일이 아니라는 생각도 한다. 쓰는 것은 나지만 그걸 쓰게 한 동기랄까, 내가 듣고 보고 읽고 만나고 생각하게 하는 모든 것들이 나의 조력자인 셈이다.

임현

그러니 덜 외로울 수 있지 않나. 어쩌면 아직 만나지 못한 당신에게 이 문장의 상당한 지분이 있을지도 모를 일이다.

「엿보는 손」에서 어떤 소설가의 '작가의 말'이라고만 언급한 그것은 최정화의 소설집 『지극히 내성적인』의 것을 훔쳐왔음을 밝힌다. 그 밖에 내게 도둑맞아준 모든 분들에게 감사의 말을 전하며.

'정말 기억하고 싶지 않은데'와 '기억이 나질 않으면 어쩌지'라는 두 개의 추 사이에 늘 머물러 있는 것 같습니다. 추의 양 끝을 오가며 흠뻑 기울어지는 순간이 찾아올 때마다 산다는 건 무지하게 아찔하고 또 그만큼 벅차다고 생각합니다. 지워버린 사건들과 끝내 품고 있는 감정들을 만지작거리며 썼습니다. 그럼에도 언제나 나의 화두는 기억일 것 같다고, 한동안은 진지하게 굴 예정입니다. 제게 쓴다는 건 그런 일 같습니다. 쉽게 잊지 않기. 오래 머금기. 몸속에 내일보다 어제가 더 많아서 종종 쓸쓸해지거나 무거워지더라도 함부로 걷어내지 않기. 쓰는 일을 지속하기로 마음을 굳혔을 때부터 지금껏 줄곧 믿고 있는 저의 태도입니다. 믿을 건 그뿐이어서 그냥 그렇게 계속 써볼 참입니다. 오래 머금으면서요.

차현지

바디픽션 — 몸에 관한 일곱 가지 이야기

1판 1쇄	2017년 3월 17일
지은이	김병운, 나푸름, 양선형, 유재영, 이진하, 임현, 차현지
책임편집	최고라
표지 디자인	미래물산
본문 디자인	이은경
펴낸이	김태형
펴낸곳	도서출판 제철소
등록	2014년 6월 11일 제2014-000058호
주소	(10082) 경기도 파주시 산남로 195번길 44-29
전화	010-9737-1924
팩스	0303-3444-3469
전자우편	right_season@naver.com
페이스북	facebook.com/from.rightseason

© 김병운, 나푸름, 양선형, 유재영, 이진하, 임현, 차현지 2017

ISBN 979-11-956585-8-9 03810

이 도서의 국립중앙도서관 출판예정도서목록(CIP)은 서지정보유통지원시스템 홈페이지(http://seoji.
go.kr)와 국가자료공동목록시스템(http://www.nl.go.kr/kolisnet)에서 이용하실 수 있습니다.
(CIP제어번호: CIP2017005847)

한국예술창작아카데미는 35세 이하 신진 예술가가 참여하는 연구 및 작품 창작 과정입니다. 2016년
한국예술창작아카데미 문학 분야는 시인 8인과 소설가 6인, 아동문학가 1인을 선정하였으며, 이 책은
한국문화예술위원회의 지원으로 제작된 소설가 6인과 아동문학가 1인의 작품집입니다.